かまって
新卒ちゃんが
毎回誘ってくる
その2
ねえ先輩、
恋のライバルなんて
聞いてないです！
JN020048

contents

因幡深広
「鏡花先輩、
マジふっつーに
女子高生にしか見えない」

涼森鏡花
「深広あんた、過激すぎね。
そんなんで高校生活送ってたの？」

「来てくれたんですね～……。えへへ。

「そーですよ、深広先輩。
その色気は事案ですよ？」
伊波渚

ありがとう……ございま～す」

かまって新卒ちゃんが毎回誘ってくる　その2

ねえ先輩、恋のライバルなんて聞いてないです！

凪木エコ

ファンタジア文庫

3204

口絵・本文イラスト　Ｒｅ岳

かまって新卒ちゃんが毎回誘ってくる
ねえ先輩、恋のライバルなんて聞いてないです！
その2
凪木エコ
Eko Nagiki
ill：Re岳
Retake

人物紹介

涼森鏡花（すずもりきょうか）

マサトの２コ上の先輩。役職はチーフ。仕事が出来る稼ぎ頭で、モデル顔負けの美貌やスタイルも相まり、男女関係なく憧れの存在。クールビューティーな大人のお姉さんを装うが案外繊細。

風間マサト（かざま）

ネット広告代理店の営業。新卒である渚の教育担当の26歳。効率厨だが面倒見が良い性格で、本当に困っている人がいたら、自分が損な役回りになろうとも手を差し伸べてしまうお人好し。

伊波 渚（いなみ なぎさ）

22歳の新卒ちゃん。よく気が利き、かつ可愛いことから社内だけでなく社外でも人気者。課された仕事もキチンとこなすことができる高スペック女子だが、マサトと２人きりになるとさらに甘えん坊に。

因幡深広（いなばみひろ）

マサトと同期のデザイナー。クリエイターとしてのセンスはピカイチで、かつ仕事も早い天才肌。自由奔放で気まぐれ猫のような性格。気兼ねせず何でも言い合えるマサトのことを気に入っている。

１話：ミントが辛(から)いのか、ブラック企業が辛(つら)いのか

経費削減。

無駄な業務や余計なコストを見直し、企業の利益増加を目的とする施策。

見直すべきことは様々で、人件費、ＯＡ機器代、事務用品代、ネット通信費、運用コストなどなど。例を挙げたらキリがない。

このご時世、不況じゃないほうが珍しい。節約できることがあるのなら、見直しを図るべきなのは言わずもがな。

勤続５年、雇われの身である俺も、協力できることがあれば協力していく所存である。

極力は。

「くっそ、暑いんじゃあ～……！」

残業中、ひっそり鎮(しず)まるオフィスにて。

天井に設置されたエアコンを恨めしく睨(にら)もうが、冷風を吐き出してくれるわけもなく。

『定時以降、冷房の使用禁止』

そんな張り紙が、社内共有の掲示板に張り出されたのは8月終わりのこと。

そして迎える9月。

季節としては秋に入ったが、夏の残暑はまだまだ猛威を振るっている。

定時から1時間も経てば、オフィス内の冷気もどこへやら。窓を全開にせずにはいられない。

定時から3時間も経てば、ＰＣやサーバーから発する熱気が気になり始める。一台一台叩き壊したい衝動が芽生え始める。

ノーパソのディスプレイを親の仇くらい睨みつけ、キーボードを力強く打ち込み続ける。

「何で上層部のオッサンらは下から見直ししてんだよ……。お前らの接待費から見直せや……。キャバクラとかゴルフ行くなやぁ……！」

不平不満がやめられない止められない。

「意味不明な創立記念グッズを作るんじゃねえ……。思い付きだけで変なマスコットキャラを外注に頼むんじゃねえ……。風水的に良くないって理由だけでバカ高い観葉植物を買うんじゃねえ……！」

怒りやストレスを抑えるべく、ミントタブレットを4、5粒豪快に頬張る。

舌で転がすのも面倒と奥歯でバリボリ噛み砕めば、力強い清涼感が口の中を飛び越え、鼻から脳へと一気に突き刺さる。

無事、怒りやストレスの緩和に成功。

――するわけもなく。

「～～～っ！！！　ブラック企業ファァァァァアァァ～～～～～ック！！！」

ミントが辛いのか、ブラック企業が辛いのか。

勝者、ブラック企業。

「冷房ケチるくらいなら、パワハラ部長の給料カットしやがれ！　『明日までになる早』って言うなら、定時間際に持ってくんじゃね――――～～～～っ！」

この煮えたぎる感情は、生ぬるい室内では冷やすことなど不可能。出入口にある空調リモコンへと一直線し、「ふはははは！　ざまぁ見やがれ！」と我ながら意味不明な供述をしつつ、電源ボタンのスイッチを押し込む。

『冷房』ではなく『送風』を作動させるところが、己の矮小さを物語っている。

「もう自腹でいいから、冷房点けさせてくれよ……」

経費削減。

切り詰めるのはいつだって、身分の低い社畜、現場の俺たちである。

「可哀想なマサト先輩。私がイイ子イイ子してあげましょう」

「……」

いつの間に？　小柄な身長をカバーするように少し背伸びし、俺の頭を優しく撫で続ける女子が約一名。

伊波渚。俺直属の後輩である。

またの名を、かまって新卒ちゃん。

「お前も物好きだよな。仕事終わったなら、さっさと暑苦しい会社から出ればいいのに」

「私だって好き好んで残ってるわけじゃないですよ。マサト先輩と飲みに行くからに決まってるじゃないですか」

「毎度毎度、当たり前に誘うなよ……」

「えへへ♪　私、今夜はトリを食べたい気分ですっ」

ファミチキでも買って帰ればいいのに。

甘えん坊っぷりも然ることながら、酒好きも相変わらず。

まぁ、気兼ねなく食べたいものをハッキリ言ってくれるほうが、アレコレ探したり考え

よし
よし

る手間が省けるので、コチラとしてもありがたくはあるのだが。

行く前提で考えてる俺にも問題はあるんだろうなぁ。

「というか、伊波」

「はいです？」

「俺、暑いから空調点けに来たんだけど」

イイ子イイ子なう。伊波は依然、俺の頭を撫で続けている。

ふふん、とわざとらしく口角を上げる伊波は確信犯。

確信犯だからこそ、

「私、大好きだからくっ付いてるんですけど♪」

「はぁん⁉」

かまってちゃんの本領発揮。伊波が『もっと甘えさせて、もっと触れさせて』と俺の二の腕にべったりハグ攻撃。

まるで主人にマーキングする猫。余すことなく自分の華奢(きゃしゃ)な肩や細くしなやかな腕、きめ細やかな頬を俺へスリスリと押し付ける。たわわで柔らかい乳も以下同文。

「残業を頑張る先輩にはご褒美(ほうび)だ～♪」

「ご褒美がすぎるわ！　暑苦しいから離れろ！」

「心頭滅却すれば火もまた涼しですっ。『考えるな、感じろ』ですっ」

コイツは修行僧か何かなのだろうか……。

「マサト先輩は初心だなぁ。今更になって恥ずかしがらなくてもいいじゃないですか」

「今更？　どういうことだよ」

「だって、チューした仲だもん♪」

「なっ――⁉」

思わず思い出してしまう。

甘えん坊の後輩ではなく、一人の女として告白された先日のことを。

「先輩が好きだからに決まってるじゃないですか」

忘れもしない。夜の公園で飲んだ帰り道。

確かに俺たちはあの日、チュー――、ではなくキスをした。

何なら、伊波を異性として見る約束さえしてしまった。

別に忘れたわけでもないし、蔑ろにするつもりもない。

不意打ちすぎる発言に泡食ってる俺へと、伊波は顔を近づけてくる。

そして、耳打ちでトドメを刺すのだ。

「今夜は居酒屋じゃなくて、ホテルにしときますか？」

「ホ、ホテッ——!?」

「あははっ！　マサト先輩の顔真っ赤〜〜〜♪」

「〜〜〜っ！　先輩をからかうんじゃねえ！」

「きゃ〜〜〜♪」

波音さざめくビーチで、水着姿の男女がキャイキャイするのならムードもあるのだろう。

しかし、ここは真夜中のオフィス。スーツ姿の社畜がギャースカ騒いだところでムードもへったくれもない。

飲み、時々ホテル。

そんなハニートラップまがいなことを確信犯で誘ってくる新卒ＯＬこそが、伊波渚である。

２話：新プロジェクトは、エッチな案件？

俺、風間マサトの勤める会社は、ネット広告代理店である。

インターネット広告を代理で行う会社。

少し砕いたところで、同業者でもない限り、仕事内容まではイメージしづらいだろう。

ざっくりと説明してしまえば、パソコンやスマホで検索した際に表示される広告、ＹｏｕＴｕｂｅやＴｗｉｃｈなどで流れる広告、アプリゲーム中に突如流れてイラッとさせる広告等々。

そんな様々な広告を、広告主である会社の代理で制作したり、代理で運用していくことが主な仕事内容となっている。

ネットやＳＮＳが盛り上がり続ける昨今、ネット広告代理店の数は年々増えつつある。

勿論、会社の数が増えているからといって、契約がポンポン獲れるかといえば話は別。

毎日が競合他社との鎬の削り合い、精神と肉体の削り合いだ。

月額運用費の安さをセールスポイントにするライバル社がいれば、一流のデザイナーやコピーライターがいることをアピールするライバル社もいたり、優秀なデータ解析士によるアドバイスやレポートが付いてくることを売りにするライバル社などもいたり。

一方その頃、我が社。

THE・普通。これといってオリジナリティ溢れるサービスは皆無。

月額運用費は並みだし、実績やコンテストなどの受賞経験も乏しい。何なら優秀なスタッフの代わりに、セクハラ&パワハラが業務と化している部長がいる。

『貴方の広告代理店は、他社に比べて何が優れていますか?』

『ありません』

これでは話にならない。契約など獲れるわけがない。

お先真っ暗なブラック企業とか笑えない。

というわけで、何かしらのアイデアや打開策が我が社には求められている。

※　※　※

共有サーバーにアップされたデータを確認しつつ、しみじみ呟く。

「おおう……。結構な量、あるもんだな……」

「はいですっ。やりがいがありますね！」

『大変だなぁ』と思う俺とは違い、『やったるで！』と伊波は両こぶしを握り締める。

このモチベーションの高さ、天晴と言わざるを得ない。

今現在、何のデータを見ているかというと、新規開拓を狙う会社のリストである。

いわゆる顧客リストと呼ばれるものだ。

まとめた張本人、伊波がディスプレイを眺める俺へと顔を近づけてくる。

「どうですか？　何か不備があれば修正しますけど」

「いや、見たところ良い感じだな。てか、よくまとまってるわ」

さすがは、我が社期待の新人といったところか。

エクセルでまとめられた顧客リストは、必要最低限の企業情報だけでなく、効率良く作業できるようマクロまで組み込まれている。おまけに、各企業の特色がまとめられた別途資料まで添付されている。

どんなに年齢を重ねても、10頼まれたことを10で返すのは難しい。

にも拘らず、伊波は10頼まれたことを10以上の成果でやってのける。

部長のようにオッサンでもいい加減な奴はいい加減だし、伊波のように若くてもできる奴はできる。

年齢じゃなくて、意識の違いなんだろうなぁ。

「えへへ。マサト先輩に褒められたい一心で頑張りました♪」

「欲と煩悩で仕事するなよ……」

俺の呆れも何のその。伊波の表情は未だにニコニコと明るい。

「いつもより頑張るに決まってるじゃないですか」

「ん？　どうしてだよ」

「だって、マサト先輩がコンペで初めて採用された企画ですもん。絶対成功させたいに決まってますよ」

「伊波……」

後輩の健気さに、思わず心打たれてしまう。

教育係である俺が、伊波の頑張りを見ているように。後輩である伊波もまた、俺の頑張りを見てくれているのだろう。

だからこそ、伊波は激しく熱っぽく、自分の身体を抱きしめる。

「マサト先輩が私を想いながら作ってくれた企画っ。あぁ……！　何て素敵な響きなんでしょうか♪」

「……。はぁ⁉」

感動詐欺ここにありけり。

「ご、誤解を招く言い方すんじゃねえ！」

「え～。素直になってくれていいのに～♪」

クネクネ身体を抱き続ける伊波を見れば見るほど、俺の感動は羞恥心に早変わり。

認めよう。伊波をモデルケースに組み立てた企画であることを。

けどだ。

「あのな！『伊波LOVEだから』みたいなクソしょうもない理由で企画立てしたわけじゃねーから！」

「ですですっ」

「前にも言っただろ？　伊波を選んだ理由は、『新卒でも競合他社と戦える』がコンセプトだからって！」

「続けて続けて♪」

「ついこの間まで女子大生やってた伊波を活かす方法を色々考えたんだよ！　結果、若者向けのファッションやアクセサリー系の企業なら、広告の知識が少ない伊波でも取引しやすいって思ったんだよ！」

「や～ん♪　めっちゃ、私のこと考えてくれてるじゃないですか～♪」

「～～～っ！！　全然、俺の話聞いちゃくれねぇ……！」

何だコイツ。耳の穴にエアダスター吹き込んだろか。

理由はどうあれど。めっちゃ、伊波のことを考えながら企画書を作っていたのは事実。

これ以上反発しても伊波が喜ぶばかりだし、俺が辱めを受けるばかり。

「俺、この企画が大失敗したら、ガチで泣くと思うわ……」

「マサト先輩が泣いちゃった場合は、ちゃんと私の胸でヨシヨシしてあげますね？」

『ドンと胸に飛び込んで来い』と言わんばかり。伊波は右拳で胸を叩くのだが、柔らかマシュマロバストの持ち主なだけに、ポヨンと両乳がへしゃげるだけ。

会社の利益を取るか、目先のおっぱいを取るか。

天秤に掛けてしまう自分が情けないと思う反面、素直すぎる自分を嫌いにもなれない。

末期である。

「こらっ。始まったばかりの企画なのに、失敗することなんて考えないの」

頬を軽くつねられれば、煩悩も振り払われる。

「す、すひはへん……」

「うん。分かればよろしい」

お祓いしてくれた人物は、涼森鏡花先輩。

我が社のリーダー的存在。そして、今企画の最高責任者である。

モノトーンで統一されたオフィスカジュアルなコーデは、シンプルだからこそ着こなしが難しい。にも拘らず、いとも容易く着こなしているのだから、さすがは元カリスマ読モ、MIRAと言わざるを得ない。

大人の色気満載なのに、清楚感も兼ね備えているとか。反則だと思う。

伊波としては、憧れのキャリアウーマンにも確認してほしいようだ。

「鏡花先輩も顧客リストのチェック、お願いしますっ」

「えっ！　もう作ってくれたんだ」

「どれどれ？」と、中腰姿勢になった涼森先輩が、俺のディスプレイを覗き込む。

伊波も伊波で、先輩上司の一言一句聞き逃すわけにはいかないと、再びディスプレイへと顔を近づける。

（ち、ちけぇ……！）

右隣に清楚系お姉さん、左隣に甘えん坊女子。

美女2人に挟まれれば、自然と背筋が伸びてしまうのが男の性。

非光沢タイプのディスプレイで良かった。光沢タイプだったら、間違いなく俺の情けなく緩んだ顔面が映り込んでいた……。

顔面崩壊タイム終了。

「うん♪　さすがは渚ちゃんだね。とっても良くできてます」

「やったぁ♪」

涼森先輩がニッコリ笑顔で小さく拍手すれば、伊波も負けじと、ほんわかスマイル。

傍から見れば本当の姉妹のようだ。

「ね、風間君。渚ちゃんにも、お手伝いしてもらって正解だったでしょ？」

「……まぁ、そうですね。ぶっちゃけ、伊波のおかげで作業はスムーズに進んでます」

「えへへ。お役に立てて何よりです♪」

伊波が素直に喜べば、「こちらこそ、お世話になってます」と思わず会釈しそうになる。

照れ隠しに缶コーヒーを傾けていると、涼森先輩が何やら気付く。

「あっ。メルピクもリストに入ってるんだ」

「？？？　めるぴく？」

何のこっちゃとオウム返しすれば、涼森先輩がマウスを動かし、ディスプレイに表示されたエクセルシートのとある箇所をクリックしてくれる。

青く強調された文字を読み上げる。

「えっと、メルシー&ピクニック？」

「そうなんですっ！　メルシー&ピクニックなんですっ！」

「うおう⁉」

そのワードはまるで呪文。

高まるテンションを抑え込むことなど不可能。キラキラと瞳を輝かせる伊波が、大胆にも俺へと詰め寄ってくる。

マシンガントークが止まらない。

「メルシー&ピクニック、略してメルピクって言いますっ。可愛い下着から、ちょっとセクシーな下着まで幅広く扱う、私お気に入りのランジェリーショップなんですっ！」

「ランジェリー⁉　い、伊波のお気に入り⁉」

「ですですっ！　店舗だけじゃなくオリジナルブランドも展開していて、毎シーズン出される新作は、直ぐに完売しちゃうくらい大人気なんです！　神作ばかりなんですっ！」

「神作の下着……！」

「神戸に本社があるってことは知っていたので、『これは是非ともアプローチを仕掛けなくては！』と密かに燃えてました！　頑張って契約取りましょうね！」

「お、おおう……。とにかく、すげー下着屋なんだな……」

自分でも思う。すげー下着屋ってなんだよ。

人生初である。パンツやブラについて熱く語られるのは。

伊波は年頃の娘だし、お気に入りの店やブランドが、1つや2つあっても不思議なことではない。可愛かったり、ちょいエロな下着に興味津々なのも頷ける。

俺だって年頃の男だ。お気に入りの下着について熱く語られてしまえば、

(神作ランジェリーな伊波……)

可愛い後輩のあられもない姿を思わず想像してしまう。

「風間君？　皆まで言わないであげるから、鼻の穴膨らますの止めよっか」

「……さーせん」

涼森先輩にジト目で見られるのも頷ける。

閑話休題、というか伊波。ファッションのジャンルとはいえ、ランジェリーショップなんてよく思い付いたよな」

「ゴ、ゴホン。というか名誉挽回。

パンツはユニクロでまとめ買い一択の俺では、絶対に思いつかないアイデアと言えよう。

にこやかに笑う伊波も、ナイスアイデアな自覚はあるようで、

「マサト先輩の役に立ちたい、一肌も二肌も脱ぎたいって考えながら作業してたんです。そしたら、ピカッと閃いたんです。『あっ！　ランジェリーショップ！』って」

何その痴女的思考……。

「お前、思考回路がどんどん因幡(いなば)に似てきたよなぁ」

「ん？　ワタシのこと呼んだー？」

余計なツッコミなど、しなければ良かった。

前方の席でデスクワーク中の女子が、ひょっこり顔を出してくる。

因幡深広(みひろ)。俺の最後の同期である。

前傾姿勢になれば、破壊力抜群、実りに実ったボリューミーな胸が強調されるの何の。

Vネックのノースリーブは正直ズルい。ざっくり空いた胸元からは谷間が丸見えだし、袖がないだけに横乳が僅(わず)かにハミ乳。

男心をくすぐるというか、男心を大爆笑させるというか。

「呼んではないぞ」

「てことは、噂(うわさ)してた感じ？　渚がワタシのエチエチな身体付きに似てきたって」

「お前……。絶対、話聞いてただろ……」

あははっ！　と白い歯が見えるくらい笑う因幡は、服装同様、性格も非常にオープン。

因幡まで俺の席へとやって来れば、我が社自慢の三姉妹が大集結する。

ガールズトークでキャイノキャイノ。

「メルピク、ワタシも何着か持ってるよん。大きいサイズも可愛いの多いんだよね～」

「深広先輩もメルピク好きだったんですね！　今月発売のコラボランジェリー、チェックしました？」

「もち。ティアーズとコラボしたのでしょ？　人気すぎて、予約段階から売り切れだったらしいじゃん」

「ですですっ。私も抽選には申し込んだんですけど、やっぱり外れちゃったんですよね」

「そのコラボランジェリー、私ゲットできたよ♪」

涼森先輩も案外ミーハーなところがあるようで、いつもより声音が弾んでいる。

「えっ！　鏡花先輩当たったんですか？」

「うん♪　私も諦め半分で応募したんだけど、当選メールが来てビックリしちゃった」

「いいないいな～！　また、実物見させてくださいね！」

「えっ？　——じゃあ、昼休みにちょっとだけ見てみる……？」

「！！！　も、もしかして……！　現在進行形で着てる感じですか？」

「……あはは。現在進行形で着ちゃってる感じですね」

真剣に尋ねる三女に、照れ気味に微笑む長女。

そして、

「ほら。風間も今のうちにお願いしときなって。『俺にも涼森先輩のおっぱい拝ませてください』って――」

「～～～っ！　くたばれセクハラ親父！」

大爆笑する次女と、大悶絶する俺。

俺だけではない。周囲の男性社員がキーボードをカタカタする手を止め、耳を澄まして悶々としているのだ。

そりゃそうだ。美人姉妹たちがガールズトークもといランジェリートークしているとなれば、仕事などクソくらえである。

泣きっ面に蜂。

赤面顔にフィニッシュブロー。

「ちなみにマサト先輩。今日も私はメルピクですっ」

「ちなまんでいいわ！」

メルシー&ピクニックが恐ろしいのか、三姉妹がエロすぎるのか。

圧倒的後者だと思う。

3話：お客様は神様？　いいえ、クソガキです

極々、当たり前の話だが、勤務年数が増えれば増えるほど、役職が高くなればなるほど、任される仕事は多くなる。無茶ぶりや擦り付けられる仕事も多くなる。

ウチのような経常利益の乏しい、弱小広告代理店も御多分に漏れず。

先がまだまだ見えない新企画だけに注力などできるわけもなく、並行して複数の案件をこなしていく日々である。

というわけで、本日最もカロリーを使う案件がやって来る。

商談スペースへと足を踏み入れれば、

「やっほー、カザマ！　わたしが遊びに来てやったぞー♪」

「遊びに来んじゃねえ」

「なははは！　冗談じゃーん！」と、アホ丸出しにケタケタ笑うクソガキが来社していた。

見た目は子供、中身も子供。にも拘らず20歳という不思議っぷり。

相も変わらず、1サイズも2サイズも大きい作業ジャケットを羽織り、スパッツ&便所サンダルという妙ちくりんコーデ。

合法ロリという名を、ほしいままにする彼女の名は方条桜子。

祖父が経営する方条工務店の広報を担当する、我が社の取引相手である。

方条はビジネスパートナーであるのだが、ゲーム仲間でもある。

平日の夜とか祝日にゲームへとログインすれば、「コイツ、本当に働いとんのか」というくらい高確率で方条もログインしており、ディスコードを繋いでダラダラ話しつつゲームすることは多い。エンジョイ勢の俺では、ガチ勢の方条に太刀打ちできず、煽られることも多い。

「カザマー。Switch充電しときたいんだけど、コンセント借りてもいい?」

「てめぇ……。ツレの家に来たんじゃねーんだぞ……」

「ツレの会社! だからOK!」

「なわけあるか! モニターのコンセント抜くんじゃねえ!」

とまぁ、ビジネスパートナーとかゲーム仲間であることには違いないのだが、一番しっくりくる表現は近所のクソガキ。

新卒の甘えん坊小娘に抱き着かれると緊張する。

キャリアウーマンなお姉さんに密着されると興奮する。

「ぐぎぎぎ……！　コンセント貸してくれないなら、鼻の穴に挿し込んでやる～……！」

「は、離れろ～……！　お前の爺さんにチクるぞコノヤロウ～……！」

近所のクソガキにまとわりつかれるとシバきたくなる。

「兄妹喧嘩しなさんな。充電くらいさせてあげればいいじゃん」

「あん!?」

声のする出入口へと注目すれば、ミーティングに参加する最後のメンバー、因幡が遅れて入って来る。

時短というか、ずぼらというか。自分のデスクから商談スペースまで何度も往復するのが面倒だからだろう。因幡の右手のひらの上には、麦茶やお茶菓子を載せたトレイがあり、左わきには今から使うであろうノートPCが抱えられている。

お冷とメニュー表を運ぶウェイトレスに見えなくもない。

とはいえ、本物のウェイトレスなら両手が塞がっているからといって、ドアを足で開けたり、尻で閉めたりはしないだろうが。

何度も打ち合わせしているからか。はたまた、ざっくばらんな性格同士、フィーリングが合うからか。因幡と方条は、すっかり旧知の仲のような間柄である。

「おいっすー。桜子、アンタは相変わらず小っこくて可愛いねぇ」

「よく言われるっ！　ミヒロ姉は相変わらずおっぱい大きいね〜」

「よく風間に見られるわ〜」と100％ボケとは言い難いセリフを聞いてしまえば、こちらとしてもチビッ子に対する溜飲が下がるというもの。

「それで、それで！　ミヒロ姉、例のブツはどうなったの⁉」

「おっ。早速それ聞いちゃう？」

にしし、と白い歯を見せる因幡がノーパソを開く。

「風間、モニターの準備おねがーい」

「あいよ」

Ｓｗｉｔｃｈのコンセントを引っこ抜き、代わりにモニターのコンセントを差し込む。

そのまま、因幡のノーパソとモニターをケーブルで繋いで準備完了。

「ほいほーい」と因幡が気の抜けた声と同時にＥＮＴＥＲキーを押し込めば、

「ひゃぁぁぁ〜〜〜♪　す、すごい！！！」

モニターに映し出された例のブツに、方条のテンション爆上がり。

例のブツ。

それすなわち、方条工務店のリニューアルサイトである。

方条工務店が以前まで使用していた、無料FC2で作ったHPとは雲泥の差。

トップページ1つとっても別次元。ヘッダーは自社であったり施工事例の画像が数秒おきにクルクルと回るように設定されていたり、『自社の強み』『依頼の流れ』『アフターサービス』などのユーザーが求めている情報やコンテンツをクリックしてもらえるような導線作りもしっかりなされている。

どのページでも画面をスクロールすれば、問い合わせと資料請求のクリックボタンが付いてくるような仕様に。ただサイトを見て満足してもらうのではなく、今後に繋がるお客さんをできる限り逃がさないような細かい工夫もバッチリ。

問い合わせ用メールフォームも用意しているし、俺と伊波で初めて会社訪問したときのような、「訪問の約束？　記憶にありません」的なグーパン案件も減るだろう。

とまぁ、良くなった例を挙げたらキリがない。

さすがは、天才肌クリエイターの因幡深広。制作依頼から一ヶ月足らずで完成させてしまうのだからプロフェッショナルである。

「めっっっっ～～～ちゃ良い！」

大満足そうで何より。方条はマウスをカチカチとクリックし、1ページ1ページを宝物でも見つめるかのように眺め続ける。

「ミヒロ姉、パーフェクトだよ！　言うことなしだよ！」

「おー♪　嬉しいこと言ってくれんじゃん」

因幡は嬉々とした表情の方条を肴に、氷のたっぷり入った麦茶を一口含む。

片肘つく姿やグラスについた口紅を拭う姿が色っぽく、ウェイトレス一変、ラウンジのお姉さんのようにも見えてくる。

「風間はどう？　ワタシはパーフェクト？」

「オウ。パーフェクト、パーフェクト」

「ん〜？　素直に褒めろよー。色っぽい女で堪らんなぁって」

「……」

おおう……。照れ混じりの返答どころか、チラ見がおもくそバレとる……。

「因幡さん、俺の視線ってそんなに分かりやすいスか……？」

「気にしないで大丈夫だってー。アンタだけじゃなくて、男は全員丸分かりだからさ」

「安心していいような、ダメなような……！」

「あははははっ！　減るもんじゃないし、堂々と見ろ見ろ♪」

ケラケラ笑う因幡はオープンすぎるというか、聖母すぎるというか。

机にふんだんに載せられた両乳、谷間にずっぽし埋まったネックレスを拝みたい気持ちは山々。とはいえ、ここでガン見してしまえば、人として何かを失ってしまう気がする。

既に失っている可能性については考えたくはない。

「立派なサイトが完成したし、ウチの工務店も株式上場待ったなしだね！」

俺も大抵アレだけど、方条も大抵コレ。

お気楽なチビッ子は、「株式じょーじょー！　気分じょーじょー！」とクソしょーもない韻を踏みつつ、お茶菓子の海老煎餅をバリボリ食らっている。

上場云々はさておき。本題に入るには丁度良いタイミングだろう。

「方条は勘違いしてるっぽいけど、『サイトができたから、めでたしめでたし』ってわけじゃないからな？」

「えっ。そうなん？」

つぶらな瞳でキョトンとされようが、意見をひっくり返すわけもなく。

「あくまで土台ができたってだけで、これからもサイトをどんどん育てていく必要があるってことだ」

ゲーマーの方条に分かりやすく説明するとすれば、『より良いサイトにしていくために、日々バージョンアップさせていく必要アリ』といったところか。

サイトを作っていく下地の段階から、方条の意向や要望を聞き込み(ヒアリング)したり、専門家としてのアドバイスもできる限りした。その過程ですれ違いが生じぬよう何度も打ち合わせだってした。当たり前だが、今見てもらっているサイトは、100点満点のサイトを目指して完成したものである。

しかし、それはあくまで『現段階』での話。

サイトを作った張本人、因幡としても同意見。

「そそ。2年後、3年後も何も更新しないサイトは新鮮味に欠けるし、サイトの品質もどんどん低くなっていくんだよねー」

「ひ、低くなっていくとどうなるの?」

「検索ワードによっては、以前までトップに出てきたはずのサイトが、トップに出てこなくなっちゃうね」

「ひっ……!」

頭パッパラパーな方条に、出てこなくなる理由を説明しても無意味だろう。

しかし、脅しではない、事実である。

「さ、詐欺だ! 制作費に、わたしの結婚資金まで使ったのに!」

「ぐおう⁉」

お気楽女子はどこへやら。海老煎餅なんて食ってる場合じゃねえと、俺の肩や腕をぐわんぐわんシェイキング。

半べそをかき、口には食べかす、指には塩や海老パウダーがたっぷり。

全体的に汚ねぇ……！

「ゆする気か⁉　これ以上の金銭をわたしに要求する気か⁉」

「失礼なこと言うんじゃねー！　現状は最善を尽くしとるわ！」

「だったら、責任持って最後まで面倒見ろ！　２年後、３年後と言わず、ずっとわたしの面倒見ろ！　一生一緒にいてくれ！」

「え……。俺、プロポーズされてんの……？」

「アハハハッ！　風間はモテモテだね～♪」

因幡、助ける気ゼロ。煎餅をかじりつつ、バラエティ番組感覚で俺らのやり取りに大爆笑してやがる。煎餅が喉に詰まってしまえコノヤロウ……！

常日頃、FPSゲームで煽られまくっているとはいえど。ここで鬱憤晴らしするために嫌がらせしているわけではない。

「安心しろ。ちゃんと解決方法は用意してあるから」

「ほ、ほんと？　わたしの生命保険とか解約して、お金作らなくても大丈夫？」

何その、命より重い金……。

「ほら。これを見てくれ」

論より証拠、言うが早し。テーブルに置いていたクリアファイルから小冊子を取り出し、方条へと手渡す。

小冊子のタイトルは、『ＷｏｒｄＰｒｅｓｓの使い方』。

「わーどぷりーずの使い方？」

「ワードプレスな。欲しがるんじゃねぇ」

ＷｏｒｄＰｒｅｓｓ。

ざっくり説明してしまえば、専門的な知識がなくても、お手軽にＷＥＢサイトの管理をサポートしてくれるシステムの名称である。

「その冊子に書いてある手順どおりにやれば、ブログの記事書けたり、施工事例とかの画像も編集できるようになるから。失くしたり、ジュースとか溢すなよ？」

「？？？　ホームページの管理って、カザマの会社がやってくれるんじゃないの？」

「ドアホ。これからは、お前がやってくんだよ」

「わたし⁉」

自分を指差す方条は、レギュラーであったり、正ヒロインの座に大抜擢されたかのような反応。

　しかし、意外性など何一つない。方条が絶対すべき仕事なのだから。

「ぶっちゃけた話、ウチの会社としては、このままサイトの運用代行とトラブルサポートを任せてもらったほうが利益が出る」

「だったら――、」

「けど、わざわざ勉強したらできることに大金使うのって勿体ないだろ」

　方条の小さな身体がハッと大きく動く。

　ようやく、己の矛盾に気付いたようだ。

　多くの金を使おうとしているのは、俺や因幡ではなく自分自身であることに。

　取引相手の要望に応えることは、当たり前に正しいことだろう。

　とはいえ、忠実に応えることだけが誠実だと俺は思わない。

「やっと、しっかり宣伝できるサイトが完成したんだ。これからの費用は、ネット広告のほうに集中させたほうが良いだろ」

　改めて言う。方条はクソガキだ。

　頼んだデータをうっかり忘れてることは多いし、打ち合わせ中に居眠りを決め込むのも珍しくない。ゲームで煽って来ることなんて日常茶飯事。常々シバきたい。

それでもだ。数多あるネット広告代理店から、方条は俺たちの会社を選んでくれた。フィーリングとはいえ、会って間もない俺たちを信用し、契約までしてくれた。しっかり納得してもらえるような、心から満足してもらえるような取引を心掛けたいと思うのは至極当然のことだろう。

「できる限りのサポートは俺がするから。まずはブログくらいから挑戦してみようぜ」

いきなりの提案だし、方条が戸惑うのも無理はない。

「わ、わたしにもできるかな?」

「毎日スマホとかパソコンいじくってるんだから大丈夫だって。若いんだからガンガン失敗して、ガンガン吸収していけ」

「失敗してサイトのデータが全部消えたら、カザマは助けてくれる……?」

「そんな簡単に消えねーし、助けてやるから安心しろ」

「助けてくれなかったら、カザマん家にスタッフ総出で押し寄せるけど大丈夫?」

「せめて1人で来いよ……」

1Kの我が家が、方条工務店のおっさんスタッフで埋め尽くされるとか嫌すぎる……。

「も、もし──」

「あ～。うるせー、うるせー」

タラレバは好かん。

習うより慣れよ、為せば成る。

「いい加減腹括れって。方条工務店を日本一の工務店にするんだろ？」

「――あっ」

そのセリフは効果てきめん。

当然だ。俺たちが初めて出会ったとき、契約を交わしたときに方条自らが発したセリフなのだから。

俺が忘れてると思ったら大間違いだ。

焚きつけるのに、十分すぎる燃料だったようで、

「～～～っ！　よ――――し！！！」

勢いよく立ち上がった方条は、わざわざ俺の席にまで回り込んでくる。

そして、力いっぱい拳を握り締め、元気いっぱいに言うのだ。

「わたし、腹括るよ！　歯も食いしばるし、腰も据えるし、お尻にも火を点けるよ！」

「どんだけ部位破壊すんだよ」とツッコミを入れるのはナンセンス。

「わーどぷれすをマスターして、じいちゃんの工務店を日本一にしてみせるよ！」

「おう！　よく言った！」

偉いぞクソガキと、親指を突き立ててサムズアップすれば、方条も負けじと両手でサムズアップ。

「カザマ！　わたしがとんでもないミスをやらかしたときは、全力でカバーよろしくね！　たとえ、シャレにならないミスをやらかそうとも！」

「お前、工務店に爆弾でも仕掛けるつもりなのか……？」

責任をなすりつけられそうなだけに、俺としては全く笑えない。

因幡は面白くて仕方ないようだ。

依然テーブルに頬杖をつき、何故か俺を見ながらニヤニヤしている。

「なんだよ、因幡」

「ん～？　いやね、風間の桜子を想う気持ちが報われて良かったなぁって」

「あん……？」

「だってそうじゃん？『サイトはワードプレスをベースに作ってくれ』ってワタシに頼んできたり、ワードプレスの使い方をまとめた資料を、わざわざ残業してまで作ってたんだからさ」

「お、おまっ！」「えっ、そうなん？」

因幡の野郎……。最後の最後で余計なこと言いやがって……！

「アンタって、冷たいようで、本当はかなりの世話好きだよね～♪」

「う、うるせー！　人をツンデレみたいに言うんじゃねえ！」

「あははっ！　実際、ツンデレじゃん！」

同期の女に大爆笑されるのがツラい。

もっとツラいのは――、

「カザマって、わたしのこと好きなのか？　仕方ないなぁ。今回の頑張りに免じてハグとキスを――」

「～～っ！　せんでええわ！」

取引先のクソガキに勘違いされるのがもっとツラい。

方条といい、伊波といい。

昨今の若者は、感情を前面に出しすぎではなかろうか。

俺も見習うべきなのだろうか……。

4話：酒が入れば、ジェネレーションギャップ感じがち

守秘義務。

一定の職業や職務に従事する者、もしくは契約の当事者に対して課せられ、業務上・職務上に知り得た機密情報の一切を漏洩させてはならない義務のこと。

ざっくり言ってしまえば、『会社の秘密は、外に絶対に漏らすな』といったところか。

会社が独自に開発した情報を漏らそうものなら、ボーナスカットどころかクビ切りだって有り得る。顧客データが漏れようものなら、取引先や一般消費者からの信用を失うことだって大いに有り得る。

守秘義務が破られて世間が喜ぶのは、新製品のリーク情報くらいだろう。

新型ゲーム機のイメージ画像だけでもテンションが上がってしまうし、人気シリーズの最新情報がフライングされようものなら、任天堂勢もＳＯＮＹ勢も皆仲良くお祭り騒ぎ。

ｉＰｈｏｎｅのリーク情報など、新作毎に駄々漏れしている印象がある。

あれだけデカい会社なのだから、「俺らのために敢えてお漏らししてんじゃね？」と思ってしまうほどだ。

リンゴの話はさておき。

守秘義務というものは、何も『会社』限定の話ではない。

『人』にだってある。

人生を歩めば歩むほど、他人に知られたくない情報が大なり小なりできるもんだ。

俺にだって勿論あるし、伊波のような底抜けに明るい奴にもあるだろう。因幡のように何もかもオープンな奴にも。

キャリアウーマンな先輩はどうだろうか？

……うん。

一番すごい気がする。

※　※　※

「乾杯で～す♪」

「おう、お疲れさん」

チン、とお猪口同士を鳴らし、そのまま日本酒を口の中へと含む。

さすがは京都・伏見の酒。クセや角が一切なく、なめらかで飲みやすい。気を抜けば2口、3口とスルスルいってしまう。

隣に座る伊波もお気に召したようで、

「ぷはぁ……♪　至福だなぁ♪　心も身体もポカポカしちゃうなぁ♪」

さすがは地酒大好き女子。「私、今生きてます！」と伝わってくるくらい幸せオーラ満開。メトロノームのように身体を揺らし、俺の肩に触れたり触れなかったり。

余りに美味そうに飲むもんだから、気を抜かずとも2口、3口と酒が進んでしまう。

「お前は、ほんと美味そうに飲むよな」

「えへへ♪　だって美味しいんだもん」

だもんて。

可愛いから止めてくれませんかね。

仕事終わり。俺と伊波は相も変わらず、居酒屋へと足を運んでいた。

俺たちがよくリピートする居酒屋の1つで、『飲み放題30分　480円ポッキリ』という圧倒的サラリーマンの味方、財布事情にベタ甘すぎる超優良店である。

「飲み放題だし、安酒しかないんじゃないの？」と思ったら侮るなかれ。

居酒屋には珍しいドリンクバー方式を採用していて、ドリンクコーナーにあるショーケースタイプの冷蔵庫には、店長が全国から仕入れた自慢の酒たちが１００種類以上常備され選び放題。一升瓶が所せましと並ぶ光景は圧巻で、酒好きならば必ずしもテンションが上がること間違いなし。

乙女たちは、ケーキバイキングでチーズケーキやモンブラン、フルーツタルトやらに恋心を抱く。夢と希望をケーキ皿に載せ、笑顔で自分の席へと戻る。

リーマンたちは、この居酒屋で無沪過生原酒、ひやおろし、山廃仕込みやらにキュンとする。夢と希望を徳利に注ぎ、ルンルン気分で自分の席へと戻る。

以上、リーマンホイホイな憩いの場が、この居酒屋なのだ。

乙女兼リーマンの伊波は、小皿によそった牛のモツ煮込みをパクリ。

そのまま、頬を押さえてウットリ。

「ん～～♪　甘辛く煮込んだモツがトロットロッ♪　噛めば噛むほど、脂と野菜の旨味が出てきちゃいますね～♪」

「何だろうな。レビューは女子っぽいのに、オッサン感もチラ見えしてんだよな……」

オッサン色の覇気を纏っているというか、なんというか。

モツ煮込みだけでなく、日本酒レビューにも余念がない。伊波はスマホを取り出すと、そのままメモ帳に感想を書き綴っていく。

「えっと。英勲のひやおろしは、果物を思わせるようなフルーティーな味わいがあって、牛のモツ煮込みと相性バッチリ。まるで私とマサト先輩の関係にそっくり、……っと」

「おいコラ。適当なレビューすんな」

「むっ。適当なんてとんでもない！　そこまで疑うなら、英勲とモツ煮込みの相思相愛っぷりを身を以て味わってくださいっ！」

「こいつ……。俺たちの関係には一切疑いがねえ……！」

俺の呆れも何のその。伊波のハードメンタルにはノーダメージ。

「かくなる上は！」

「あん？」

「マサト先輩にギュ～～～♪」

「はあん⁉」

いきなり横から抱き着かれれば、そりゃ声も荒らげる。

「おおおお前何やってんの⁉」

「いつものコミュニケーションを育むことによって、私たちの濃密な関係を思い出してもらおうと！　食べたり飲んでもらうより一石二ちょ――、好都合かと！」

伊波って、つくづく大物だと思う。こんだけ目をキラキラ輝かせて、己の欲望を堂々とさらけ出せるのだから。

「ちなみに、今回の『ギュ～』は『牛』と掛けてみました♪」

「全然上手くねーわ！」

このテンションでまだ日本酒1杯目とか……。

大胆なハグ攻撃は尚も継続中。伊波はこれでもかと俺の肩や胸板に頬ずりしてきたり、二の腕や脇腹に胸の感触が分かるくらい密着してきたり。

小柄なだけで身体つきはしっかり大人大人してるし、髪や衣類から微かに漂う香りは、ひと呼吸しただけで心臓の鼓動をどうしようもなく早くする。

何よりもゼロ距離スマイルが反則すぎる。

「私たちもモツ煮込みに負けないくらいトロトロしちゃいましょう♪　冷酒が熱燗になっちゃうくらい肌と肌を寄せ合っちゃいましょ～♪」

「～～っ！　年頃の女なんだから、ちょっとは自重って言葉を覚えろ！」

「いえいえ。オジサン感がチラ見えする私には無縁の言葉ですっ」

「こ、この野郎……。こんなときだけ揚げ足取るなよ……！」

「ささっ！　私のことはオジサンと思って、貪るように抱き締めていただければと！」

「オッサンを貪れるかぁ！」

乙女でもなければ、オッサンでもない。

ただの肉食系女子である。

「まったく……。日に日に逞しくなりやがって」

ようやく伊波の引き剝がしに成功し、恥じらい隠しのためモツ煮込みを口へと放り込む。

牛モツの味わいは勿論のこと、生のままカットされた白髪ネギやミョウガが良い仕事をしていて、食欲を一層、二層と引き立てる。

思わずお猪口へと手を伸ばせば、

「どぞどぞ」

「お、おう」

徳利を持ったニコニコ笑顔の伊波が、日本酒を並々に注いでくれる。

そのままクイッとお猪口を傾ければ、思わずポツリと呟いてしまう。

「うん……。美味え」

伊波の言葉を認めるようで、恥ずかしいといえば、死ぬほど恥ずかしい。

とはいえ、相性バッチリという言葉がピッタリなだけに、言い返す道理がない。

何よりも──、

「ね？　私とマサト先輩みたいでしょ？」

「……。まぁ、そうだな。そういうことにしといてやろう」

「えへへ。やったぁ♪」

目の前で愛嬌たっぷりに見つめてくる小娘を見てしまえば、反発する気力など潰える。

我ながら単細胞だよなぁ。

「ふふっ♪　風間君は相変わらず素直じゃないね」

『だよねん。『渚、今夜は俺とお前でトロトロになろうぜ？』くらい言えればいいのにね～」

単細胞なだけで、この言われようである。

「あ♪　お疲れ様です、鏡花先輩と深広先輩っ」

「うん、お疲れ様」「おつかれー」

遅れてやって来たのは、涼森先輩と因幡。

長女と次女が集まれば、本日の飲みメンバーが全員集結。

伊波一人でも華やかな飲み場なのに、三姉妹揃えば一層と華やかになるもんだ。

「お疲れ様です。思ったより早く仕事終わったみたいですね」

「うん。久々の可愛い後輩たちとの食事だからね。頑張って早く終わらせちゃった」

そう言いつつ、ジェスチャーでキーボードをカタカタする涼森先輩は、年上ながら可愛らしいという表現がピッタリ。ギャップ萌えである。

「な・ぎ・さ、今夜はトロトロしようぜ？」

「いや〜ん♪　トロトロしちゃいます〜♪」

アホなやり取りする因幡&伊波コンビは、カウンター席にでも行ってくれませんかね。

メンバー全員が20代というだけあり、俺たちは会社の中で若手の部類に入る。

しかし、こうやって若手中心で集まれば、世代差を感じてしまうことが度々ある。

世代差、それすなわちジェネレーションギャップ。

本格的な宴が始まってから、どれくらい経過しただろうか。

今の話題は、子供の頃に流行っていたゲームについて。

「えっとですね、私が初めて手にしたゲームはＤＳだったかなぁ」

「うわっ。出たよ、世代差！」

イイ感じにアルコールが入っているからか。俺の好きなジャンルだからか。伊波の答えに対し、自分でもウザく――、テンションが上がっているのが分かる。

流行り廃り、日進月歩が著しいゲーム業界だ。ジェネレーションギャップを感じるには持ってこい。人気シリーズのソフトなど、たった数年で新作やリメイク版がリリースされるのだから、ちょっと気を抜けば置いてけぼりどころか、懐古厨扱いされることだって有り得る。恐ろしい業界である。

同世代の因幡も、「ひゃあ〜。マジかー」とギャップをひしひし感じている様子で、

「風間、ウチらが小さい頃の携帯ゲーム機って何だっけ？」

「おう。ゲームボーイアドバンスだな」

「あっ、そーそー。友達の家とか公園でよくポケモンやってたよね〜」

「ルビサファだろ？」

「あははっ。めちゃ懐かしい！　ワタシ、サファイアだったわ！」

「私はダイヤモンドですっ。お爺ちゃんがこっそり買ってくれたんですよね〜♪」

うんうん。ギャップを感じやすいといえど、さすがはゲーム。

ゲーム機やコントローラーを握らずとも、当時を懐かしむだけで皆が笑顔になれる素晴らしきツールである。

『今、米を食らわずにどうする』と、チャーハンを口の中いっぱいに掻き込もうとする。

──のだが、

「ＤＳ……？　アドバンス……？」

「す、涼森先輩？」

思わず、掬（すく）い上げていた蓮華（レンゲ）を小皿へと戻してしまう。

それもそのはず。普段は大人の余裕たっぷりな涼森先輩が、声を震わせているのだから。

心なしか顔は青く、カラアゲに絞ろうとしていたレモンが、プシィィッ！、と必要以上に大炸裂（さくれつ）。

「私、ゲームボーイカラーなんだけど……、ピカチュウ版なんだけど……！」

「お、おおう……」

ジェネレーションギャップあるある。

年長者、一番ダメージ食らいがち。

分かります。分かりますよ涼森先輩。こういう話題って、一番上の人間は懐かしい反面、やるせない気持ちのほうが勝っちゃうんですよね……。

「きょ、鏡花先輩っ。いいじゃないですか！　ピカチュウ可愛（かわい）いじゃないですか！」

分かる。分かるぞ伊波。こういうのって、年下が一番気を遣うんだよな。生まれたのが一番最近ってだけで無駄な罪悪感を感じちゃうんだよなぁ。

「あははっ！　鏡花先輩、めっちゃ凹（へこ）んでんじゃん！」

因幡よ。お前は相変わらずのド畜生だな。

レモンなど絞ってる場合じぇねえと、涼森先輩が身を乗り出してくる。

衝撃を受け、アワアワと動揺する表情はまさにレア顔。

正面席の俺としては、「ご愁傷様です」というか、「ありがとうございます」というか。

「そ、それじゃあ！　皆は通信ケーブルとか使わなかったの⁉」

「「通信ケーブル？」」

こてん、と伊波&因幡が首を傾げれば、涼森先輩は「うそ……」と、か細く呟く。

このままでは、涼森先輩が世代差の圧力で泣いてしまう可能性アリ。

先輩を立てるべく、俺が解説キャラに徹しようではないか。

立てるというより、折れないようにだけども……。

「当時のゲーム機の殆どは、DSとかPSPみたいにワイヤレスが内蔵されてなかったんだよ。だから、USBケーブルみたいなのをお互いのゲーム機に繋ぎ合わせて、友達と通信プレイしてたってわけだ。それが通信ケーブルな」

「「へ～」」

俺が知っていて因幡が知らなかったのは、普及率の問題もあるのだろう。

アドバンス用の通信ケーブルもあったのだが、ケーブルなしでも通信できる外付け用のワイヤレスアダプタも発売されていたのだ。

「当然、ケーブルが抜けるとエラーになる。通信対戦で負けそうになると、ケーブル引っこ抜くツワモノなんかもクラスに1人や2人いたもんだ」

「それはツワモノというよりクセモノなのでは……？」

苦笑う伊波には、座布団1枚差し上げたい。

「～～っ！　良かったぁ、仲間がいてくれて♪」

時代という波に一人取り残されていないことが、涼森先輩は余程嬉しいようだ。嬉しさを表現すべく、「飲んで、飲んで」と俺のお猪口へと日本酒を注いでくれる。

初めてである。通信ケーブルを知ってるだけでココまで人生得するのは。

キャリアウーマンというより、ただの綺麗なお姉さん。

「ねーねー風間君っ。昔のゲーム機ってスケスケだったよね？」

「スケスケ？　ああ、スケルトンのことですね」

「『すけるとん？』」と案の定、首を傾げる伊波&因幡に説明する。

「中の基盤まで敢えて見えるような透明タイプの商品を『スケルトン』っていうんだ。昔はやたらめったらスケルトンタイプが流行ってて、64とかのハード機やコントローラだけでなく、ソフトまで透けてたんだよなぁ」

「あ～。確かに、ワタシの周りでも透けてるアドバンスとか64持ってる子いたかも」

「だろ？」

「男は皆スケスケが大好きだもんねえ」

因幡が谷間に埋まったネックレスをいじりつつ、イタズラたっぷりに見つめてくる。

「俺が持ってるのもスケスケでした」なんて死んでも言えない。

スケスケ好きは俺だけではない。「そうそう、スケルトンだ～♪」と涼森先輩は唇に指を押し当てて、にこやかに笑う。

「今は虹色に光るパソコンとかマウスが人気なんだよね。でしょ、風間君？」

「っ！　は、はい！」

驚いた。

以前、一緒にPCショップへ行ったときに、俺が教えたどうでも良い知識を涼森先輩は覚えてくれていたから。

ちょっとというか、かなり嬉しい。『ちゃんと覚えてますよ？』と言いたげに澄んだ瞳を細められれば、酒ではなく涼森先輩に泥酔してしまいそうになる。

思わず想像もしてしまう。

（スケスケ好きの涼森先輩、か……）

……うん、最強にエロい組み合わせだよなぁ……。

「あ――――っ！　マサト先輩、絶対エッチな目で鏡花先輩見てる！　間違いありません！　頬がユルッユルです！」

「はぁん!?」

「さっきもネックレス見るフリして、深広先輩のおっぱい見てましたよね!?　ズルいですっ！　なんで私だけ性的な目で見てくれないんですか！」

「何ギレ!?　って、あからさまにシャツのボタン外すんじゃねぇ！」

公衆の面前で色仕掛けをしてこようとする後輩。

「風間君。とりあえず謝るところから始めようね……？」

怒ってるのか、恥ずかしいのか。ジト目になる先輩。

「あははっ！　風間は酒の肴が沢山あるね～♪」

もっと飲め飲めと徳利を差し出してくる同期。

一方その頃、俺。

ゆっくり挙手しつつ、やって来た店員さんに尋ねる。

「あの……、温かい締めの一品でオススメあります……？」

※　※　※

大きな天然ハマグリが入った蕎麦に癒され、本日の飲みはお開き。

金曜の夜だけに人足は多め。駅直結の地下街へと入れば、俺たち同様、飲み帰りらしき学生やサラリーマンが、駅目指して歩いている。

飲みすぎてテンションの高い若者がいたり、足取りのおぼつかない中年がいたり。

「マサト先輩、おしっこ～」

「俺はおしっこじゃねえ」

トイレを催促する新卒小娘がいたり。

案の定、伊波も泥酔(へべれけ)状態。「今日こそ、京都のお酒を制覇するぞーっ！」と意気込んで飲みまくった結果がこのザマである。

類は友を呼ぶ。

「ワタシもトイレ行きた～い」

因幡も結構飲んでいたようだ。「うにゃ～……」と気の抜けた声を出しつつ、ボリューミーな胸がへしゃげるくらい俺へと盛大に傾いてくる。

「楽ち～ん♪　風間に寄りかかってたら、トイレなんてどうでも良くなってきたかも」

「え、ほんとですか？」

「ほんと、ほんと。渚もくっついてみ」

「ですですっ。それでは私もマサト先輩をお借りしてっと……。あっ、ほんとだ！　マサト先輩の温もりと匂いでいっぱ〜い♪　これは、お花摘みに行ってる場合じゃありませんね〜♪」

右に美女、左に美女。すれ違う人々からすれば、美女2人にサンドイッチされている俺は羨ましい存在なのかもしれない。

とはいえ——、

「く、くっつくな酔っ払いども！」

銃口というか膀胱を突き付けられてる身にもなってほしい……。

「てか、絶対緩めるなよ⁉　緩めたら色んな意味で死ぬからな⁉」

「「……フリ？」」

「なわけねーだろ、バカタレ！」

地下街の大広場、抱き着かれたままスッキリなどされてみろ。俺までお小水グループの一員として、汚れちまった悲しみを背負って生きていかなければならなくなる。

「きゃ〜♪　先輩が怒った♪」「逃げろ、逃げろ〜♪」と酔っ払い女子たちが、トイレ目指してスタコラサッサ。

ちゃっかり、人の両肩にカバン掛けていきやがって……。

「ふふっ。風間君、引率の先生みたいだね」

「俺が先生というより、アイツらがガキすぎるんスよ」

最後の良心、涼森先輩はクスクス笑いつつ、ロッカー横にあるベンチを指差す。

「座って待っとこっか」

「うす」

二人して腰を下ろせば、涼森先輩は大きく背伸びする。

「今日はたくさん飲んじゃったなぁ〜」

酔い潰れてはいないものの、伊波や因幡同様、許容量以上の酒を飲んでいるのだろう。

グググ、と座ったまま手足を伸ばせば、ワイシャツが張りつめて身体のシルエットが浮き彫りになったり。スカート丈が上昇してほっそりした内モモが僅かに見えたり。

何気ない仕草にも拘らず、まるでドラマの1シーンのようだ。俺と同じく、すれ違う人々はついつい涼森鏡花という存在に目を奪われてしまう。

この綺麗なお姉さんが元カリスマモデルのMIRAと知ったら、驚く人もさぞ多かろう。

「あ。そういえば涼森先輩。虹色に光るPC機器のくだり、よく覚えてましたね」

「勿論覚えてるよ。だって風間君の説明、独特で面白いんだもん」

涼森先輩は人差指を立てると、ニッコリ口角を上げる。

「七色の輝きは、男の浪漫なんだよね？」

「！　う、うす……。男の浪漫ッス……」

「ソッスか、ソッスか♪」と先輩はさらに嬉々とした表情に。

そんな満足げな表情を見てしまえば、こちらとしては、先程コンビニで買ったミネラルウォーターをガブ飲みするくらいしかできない。

「風間君、さっきはありがとね」

「ん？　何がですか？」

「一人ぼっちな私を助けてくれて」

ああ、成程。

居酒屋でのゲームトークのことを涼森先輩は言っているようだ。

「いやいや、助けるなんてオーバーですって。ただ俺がゲーム好きってだけですから」

「ただのゲーム好きさんがいなかったら、私、今頃酔い潰れちゃってたかもよ？」

「通信ケーブルのくだり、どんだけ引きずるつもりだったんスか……」

「だってさ。深広と渚ちゃんに『通信ケーブル？』ってキョトンとされたとき、ちょっと泣きそうだったもん」

「ははは……」

「わーらーうーなー」

　お仕置きという名の、ご褒美スキンシップタイム突入。ジト目のお姉さんに両頬をムニムニと軽くつねられれば、苦笑いではなく、心からの笑顔になってしまいそう。

「風間君、変な顔〜♪」

（そんな貴方の笑顔は、最強に可愛いです……！）

　傍から見れば、人前でイチャつく社会人バカップルに見られているかもしれない。

　そんなことを考えるだけで、『バカップル上等』とさらに頬がユルッユルになる。

　無間地獄である。

　後輩の頬でひとしきり遊び尽くした涼森先輩は、「あ〜、楽しかった！」とようやく指を離してくれる。

「ごめんごめん。感謝したかったはずなのに、ついつい遊んじゃった」

「ほ、ほんとですよ。通り過ぎる人がめちゃくちゃ見てきて、恥ずかしかったです」

「恋人同士って思われちゃったかな？」

「なっ——！」

「あはは！　顔真っ赤にしちゃって、君は本当可愛いなぁ♪」

「〜〜〜！　からかいすぎですって！」

「そんなからかわれすぎな風間君に、プチ情報をプレゼントしちゃおっと」

「はい？」

首を傾げれば、丁度良いといったところか。

下を向く耳元へと半歩詰め寄ってきた涼森先輩が、俺にしか聞こえない声で囁く。

「ＭＩＲＡってモデル名の由来はね。鏡花の鏡から来てるんだよ」

「…………。ええっ⁉」

「鏡は英語でミラーでしょ？　それを少しイジってＭＩＲＡになったの」

鏡花↓鏡↓ミラー↓ミラ↓ＭＩＲＡ
そんな導線ができあがれば、「な、成程……！」という心からの声が漏れ出てしまう。

同時に、唐突のカミングアウトに驚きを隠せない。

『ＯＬである涼森鏡花を評価してほしい。だからこそ、読者モデル時代だったＭＩＲＡのことは誰にも知られたくない』

ということを語っていたにも拘らずだ。

「プチ情報って言いましたけど、これ結構レアな情報なんじゃないですか？」

「う～ん、そうだねぇ。仲の良かったモデルの子以外に教えたのって地味に初めてかも」

「全然プチじゃない……！」

「まぁ、いいんじゃないかな？　今は私、一般人だしね」

「か、軽くないスか？」

「軽いなんてとんでもない」

「え？」

「風間君だからいいんだよ」

さらりと言われた言葉に思わず目を見開いてしまう。

そして、微笑(ほほえ)みかけてくる涼森先輩に心奪われてしまう。

「君とは信頼できる関係を築けてると思うから。だから、君にだけ教えてあげるの」

「っ！」

地下街は、雑踏や話し声がよく響く。

にも拘らず、目前にいる女性の言葉を聞いて以降、一切の音が入ってこない。

軽いといった自分をぶん殴りたくなるほど。何ならちょっと泣きそうなくらい。

『信頼している』ではなく、『信頼できる関係を築けてる』と言ってくれた。

それって、一方通行ではなく、後輩である俺も涼森先輩を信頼していると気付いてくれているということだ。

これほどまでに後輩冥利(みょうり)に尽きることはない。

「あざます。この素晴らしいプチ情報、一生心に刻んで生きていきます！」

「あははっ♪　風間君大袈裟すぎ。けど、頼もしい返事で安心しました」

俺が敬礼すれば、涼森先輩もノリ良く敬礼してくれる。

お互いの気分が高揚しているのはアルコールのせい。

——ということにしておこうと思う。

長かったような、あっという間だったような。

「お待たせしましたっ」「お待たせ〜」

トイレに行っていた伊波と因幡が、ベンチに座っている俺たちのもとへとやって来る。

どうしたことか。

「んんん？」

中腰になった伊波が、俺の顔をまじまじ見つめてくる。

「な、なんだよ伊波」

「マサト先輩のテンションがかなり上がってる気がします。………はっ！　もしかしてマサト先輩！　鏡花先輩にまたエッチなことしたんじゃ——、」

「してねーわ！」「さ、されてません！」

伊波の観察眼どうなってんだよ……！

呆れつつも時計を確認すれば、23時を過ぎたところ。

「さて。駅へと向かうか」

「え～。まだ時間あるじゃないですか。地下街の立ち飲み屋さんとかで、もう少し飲みましょうよう」

普通の後輩って、一番早く帰りたがるもんなんだけどなぁ。

「却下。金曜の夜だし、終電込むから早く帰ろうぜ」

「やだやだやだ！　始発で帰ればガラガラです！」

「しれっとオールしようとすんな！」

「アイラブユー！　ホールドミー！」と意味の分からんことを言いつつ、俺の腰へとまとわりついてくる。もう飲み関係なくなってんじゃねえか。

まぁ、終電間際に伊波がゴネるのはお約束イベントだし、慌てる必要はない。

なんなら、今日は頼もしい味方たちだっている。

「風間、ワタシに任せんしゃい」

「おう。ガツンと言ってやってくれ」

さすがは頼れる同期、因幡。

俺へと親指を立ててサムズアップすると、そのまま伊波へと語り掛ける。

「じゃあ、渚。今夜はホテル泊まっちゃおっか」

「……。はぁ⁉」

居酒屋での因幡のセリフを思い出してしまう。

『渚、今夜は俺とお前でトロトロになろうぜ？』

まさかのモツ煮込み展開……⁉

5話：女子会～ラブホテルより愛を込めて～

フロントで受け取ったカードキーを、玄関前に設置されたカードホルダーへと差し込む。

真っ暗だった室内に明かりが灯り、今夜お泊まりする部屋の全貌を目の当たりにする。

「こ、ここがラブホテル……！」

伊波渚22歳。

本日、ラブホテルデビューしちゃいました。

初めての空間なだけに、ついつい色々なところを探検してしまう。

私たちが予約したのは一人暮らしの女の子っぽい部屋。手前の談話スペースにはソファやテーブル、大きなテレビや1ドアタイプの冷蔵庫やポッドなどが備え付けられている。

ここらの設備はビジネスホテルと大きくは変わらないみたい。

冷蔵庫の隣にある自販機のようなボックスには、コンディショナーや歯ブラシといったアメニティだけでなく、行為を盛り上げるためであろうグッズが沢山揃っている。

「これって穿いてる意味あるのかな……？」

ドキドキしちゃうくらい布地の少ないランジェリーなんかもあったり。

ジャグジー付きのバスタブは2人でもすっぽり入れるくらい広い。スイッチを押せばバスタブ下部に取り付けられたライトが虹色に光り出す。

「鏡花先輩の言うとおりですっ。虹色に光るものが今のトレンドなんですね……！」

そして、クイーンサイズのベッド。

主張抜群の大きなベッドの前に立てば、『やっぱりこの部屋は、愛を育むためにあるんだ』と再確認できてしまう。

そのとき、

「きゃ……」

ベッドを見下ろしていた私は、そのまま押し倒される。

そして、がっつくかのように上へと跨られる。

もしかしたら、欲しがってるように思われたのかもしれない。

心の準備などさせてくれない。

けど、この部屋に入ると決めたときから覚悟はできている。

私の初めて、大事に使ってくださいね……？

「な・ぎ・さ。これからトロトロしようぜ？」

「や〜ん♪　深広先輩に食べられちゃう〜♪」

「おバカ……！　いつまでもそのネタ引っ張るの止めなさい……！」

「「は〜〜い♪」」

ラブホテルデビューのお相手はマサト先輩。

——ではなく、深広先輩と鏡花先輩。

勿論、愛を育むためではない。

ラブホテルの利用方法は意外と多岐にわたるようで、旅行や出張のホテル代わりに使う人や、リモートワークや自習室代わりに使う人もいるんだとか。

そして、利用方法の１つに女子会がある。

最初聞いたときはビックリしたけど、カラオケやゲームができたり、美味しいご飯やスイーツもあったり、飲食の持ち込みもできちゃったり。聞けば聞くほど打ち上げで使うには持ってこいの場所で、大学生くらいの女子グループで利用する子たちは結構多いようだ。

「風間も泊まれば良かったのにね〜。そしたら、女子会がハーレム会になってたのに」

「ですよねっ。明日はお休みなんだから、もっとかまってほしかったです！」

「あはは……。ラブホテルで女子３人と過ごすのは、風間君もさすがに気が引けちゃうでしょ」

まあ、そうですよね。

マサト先輩、そういうの慣れてなさそうだし。

いや、慣れてもらっちゃ、私が困るんですけど。

※　※　※

遡ること20分程前。事の顚末はこうだ。

電車の改札前。マサト先輩は、いよいよ帰宅するか、二次会に参加するかの選択を迫られる。

「風間も来る？　今夜は４Ｐできちゃうかもよ？」

深広先輩の冗談とも本気とも付かない軽口に、

「よっ、よんぴっ⁉　しゅ、終電近いし帰るわバカタレ！」

「えー、３人一緒だと持て余しちゃう？」

「〜〜〜っ！　余すどころか、尽き果てるわぁ——————！！！」

「アハハハハ！　尽き果てるだって！」

深広先輩の笑い声を背に、マサト先輩は駅のホーム目指して全力ダッシュ。

誘惑に打ち勝った背中はカッコいいような哀愁漂うような。

大丈夫ですからね、マサト先輩。

私であれば、いつでもラブホテルにご一緒させていただきます！

※　※　※

「気を取り直して、二次会始めちゃおっか」

鏡花先輩も今日はとことん付き合ってくれるみたい。

男性の視線を気にする必要はないと、シャツのボタンを1つ外しつつ、

「話題はそうだなぁ。あっ♪　折角だし、風間君トークで盛り上がっちゃう？」

「大賛成ですっ♪」「おっ。風間イジりしちゃうー？」

満場一致に決まってます。皆、マサト先輩のことが大好きだから。

コンビニで沢山買ってきたお酒やお菓子をテーブルに広げれば、あっという間に女子会が完成する。居酒屋で美味しい地酒や料理をいっぱい堪能（たんのう）したし、今は定番の缶ビールとおつまみがあれば十分だ。

ということで、マサト先輩の仕事ぶりなどについて、ひたすら語っていく。

ぷしゅっと良い音を立てて、缶ビールを空ける深広先輩。もう3缶目ですよね？

「風間ってさぁ。目が死んでて冷たい感じするんだけど、実際はかなり世話焼きだよね～」

「すっごく分かりますっ！　さりげないところに優しさ感じちゃいますよね！」

「この前のワードプレスの話知ってる？　方条工務店の」

「えっ。何かあったんですか？」

「アイツね。桜子のために、わざわざ残業してまで資料作ってたの。『初心者の方条でもホームページ作れるように』って」

「や～ん♪　めっちゃマサト先輩っぽくて、キュンキュンしちゃいます～♪」

「あはは！　でしょでしょ？」

大好きな人を話題にしながら飲むお酒は、やっぱり美味しいな。

私も新しい缶へとついつい手を伸ばしてしまう。

「マサト先輩って、昔から面倒見が良かったんですかね？」

「うん、そうだね。教育係に任命したのも、気配りができる子っていうのが一番の理由だったから」

鏡花先輩はおつまみのピスタチオを細い指でつまむと、コロコロと指の腹で遊ばせる。

たったそれだけの仕草なのに、同性の私でさえ色っぽくてちょっとドキッとする。

「まぁ、教育係になってから色々苦労してるみたいけどねぇ」

私が分かりやすく「？？？」と首を傾げれば、鏡花先輩は少し苦そうな表情に。

「大切に育ててきた新入社員の子がいきなり辞めちゃったり、厳しく接してる理由が伝わってなくて衝突されちゃったりね。本当に色々」

鏡花先輩も教育係を担当していたのを知っているだけにすごい説得力がある。

そして、如何に人を育てるのが難しいのかも。

「だからさ。渚ちゃんも無理は禁物だけど、できるだけ風間君をサポートしてあげてね？」

「はいですっ。私、マサト先輩や皆さんのお役に立てるように、一生懸命頑張りますね！」

「うん♪　いい返事です」

鏡花先輩が私を抱き締めつつ、頭までナデナデしてくれる。

「えへへ。くすぐったいですよう」

キレイなお姉さん、尊敬する先輩からの力いっぱいの抱擁は思わず顔が蕩けてしまう。

場所が場所だけに、女子の私でもイケない気分になってしまうかも……？

ふと気が付いたように、深広先輩が「あ。そだそだ」と口にする。

「今日のワタシ、メルピクなんだよね」

「わっ。タイムリーですね！」

　メルピク。正式名称メルシー&ピクニックは、ちょうど今、私たちがクライアント候補にしているランジェリーショップだ。この前の昼休みにも鏡花先輩と一緒にメルピクの話をしたばかり。

「深広も？　私も今日はメルピク着けてるよ」と鏡花先輩。

　メルピク信者の私も、

「私は毎日メルピクですっ。というわけで、今日も勿論メルピクです♪」

「あはは！　ブラのブランドで3ペアだね～」と深広先輩が缶ビールの残りを飲み干して、ホテルの床に置く。だめだ、深広先輩の顔、こりゃ相当酔ってる。

　とか言いつつ、私と鏡花先輩もだいぶ酔ってます。

「いっせーので、見せちゃう？」

「いいですね！　先輩たちがどんなの着けてるのか興味あります！」

「えっ、何それ――まぁ、いいけど」

　ということで、

「「「いっせ～～のっ」」」

じゃーん！　と、ＯＬ女子３人でブラを見せ合ってしまう。

端から見ると、どんな状況なの？　って感じだけど。

まあ楽しいし、いっか。

深広先輩のブラは、今シーズンのメルピクの新作。ブラックのレースが華やかに深広先輩のたわわな果実を包んでいる。華奢な肩紐も可愛い。

鏡花先輩のブラは、この前昼休みに見せてもらったティアーズコラボのブラとはまた別の新作だった。シャンパンゴールドの半シースルーみたいなデザインは可愛さとセクシーさが合わさってて、特に普段クールな鏡花先輩が身に着けてるとめちゃくちゃエロい。

「２人とも可愛いですねー！　やばい、エロい、惚れちゃいますっ♪」

「そういう渚もめっちゃ攻めてるじゃん」

「うんうん、大胆だけど渚ちゃんっぽくもあって可愛いね～」

「ありがとうございます♪」

私はパステルブルーでフリルがたっぷりついたノンワイヤーブラ。これノンワイヤーだけど谷間もほどよく盛れるし、思わず触りたくなるマシュマロ胸が完成する優れモノです。

「てか、深広。やっぱり胸めちゃくちゃ、大きいわね……！」

「Ｇカップあるよん。自慢でもあるけど、悩みのタネでもあるんだよねー」

「いいないいな！　ちょっと触らせてもらっていいですか？」

ひととおり深広先輩と鏡花先輩と、メルピクのランジェリーについて熱く語ったり、おっぱいを触らせてもらったり。あー楽しいなあ。お酒も美味しくて、部屋も豪華で。

と、ベッドサイドに目を向けると、レンタルコスチュームのカタログ。

カタログには制服からメイド服、キャビンアテンダント、ナースなど様々。

「鏡花先輩と深広先輩っ。3人でコスプレに挑戦してみませんか？」

「おっ。渚ノリノリでいいね～♪　乗った！」

「せっかくの女子会だし、しちゃおっか。さすがにネグリジェとかスク水は恥ずかしいからダメだけどね？」

「やったぁ♪　じゃあ3人で衣装合わせしましょー♪」

繰り返します、私たちだいぶ酔ってます。

※　※　※

そして、三者三様の制服をそれぞれお披露目する。

「アハハハハ！　鏡花先輩、マジふっつーに女子高生にしか見えない！」

「深広笑いすぎ。そして、あんたは過激すぎね。そんなんで高校生活送ってたの？」

鏡花先輩は、清楚感が漂う黒のブレザーとスカート。ドラマなんかでよく見るＴＨＥ・制服みたいなノリで、スラッとしたモデル体型の鏡花先輩にはとても似合ってる。ホント深広先輩の言うとおり、現役女子高生でも十分通る。

対する深広先輩は青いリボンがアクセントのセーラー服に紺のミニスカート。お胸が大きい深広先輩が着ると、たちまち成人向けビデオの香りがしてくるのはなぜなのか。

「そーですよ、深広先輩。その色気は事案ですよ？」

「そんなこと言って渚。アンタが一番制服ハマってるわ。めっちゃお嬢様学校にいそう！」

「あっ。それすごい分かる！　うわぁ～♪　すっごい可愛い～！」

「えへへ……。嬉しいですが、やっぱりちょっと恥ずかしいです」

私が着た制服はワンピースタイプ。ラブホ特有の大きな鏡で見てみると、確かにしっくりくるというか、女子中学生時代の自分と大して変わってないというか。

あれ、それって良いことなのかな？　うん、良いことにしておきましょう！

「やばい、ちょー楽しい。ねえねえ、これ写真撮って風間に送ってやろうよ」

「え。深広先輩、それ最高に良いアイディアですね」

「もー、２人とも。風間君も困っちゃうでしょ～」

と言いつつスマホを出す鏡花先輩。

「「「いえ～い♪」」」とノリノリで撮影完了。

さて、送信っと。

マサト先輩、どんな顔するかなあ？

※　※　※

「ふぅ……。今日もしこたま、伊波たちに飲まされたわ……」

駅から家までの帰り道。酔った身体（からだ）に夜風がちょうどいい。

うちの会社の女性陣は、なぜこうも酒豪が多いのか。

まあ給料も安くて仕事もきつい社畜の唯一のストレス発散は、同僚と楽しく酒を飲むこ
とっていうのは分かるけども。

自宅のアパートに着いてカバンから鍵を出す。ついでにスマホもチェックすると、

「ん？　伊波から？」

メッセージの着信履歴が。

酔いで文字がボヤけるので、目を凝らしつつ朗読していく。

「えっ～と、何々……。こーんな可愛いＪＫ３人と、ホテルで過ごさなくて良かったん

ですか……だぁ？」

は？　一体どんな可愛いＪＫ３人だよ。

と思っていると、一枚の画像も届いていた。

「はぁあああああん⁉」

たとえ変質者扱いされようとも、廊下で声を荒らげてしまう。

ワンピースタイプの伊波、ブレザータイプの涼森先輩、セーラータイプの因幡。

そんな制服を纏うＪＫ３人が広々としたベッドの上でハイチーズしているのだから。

俺は酔っている。

酔っているからこそ、間違って画像を保存してしまう。

6話：エロかわ同期ちゃんが毎回誘ってくる？

新人研修。

一般的に、新入社員や新しく入った中途採用者を対象に行う研修のこと。

基本的なビジネススキルであったり、一般常識であったりを身につける。

1回で終わることもあれば、複数回にわたることもあるだろう。たいてい、研修の終わりには同期同士で会社の愚痴を言い合うのが、楽しみだったりするんだよな。

※　※　※

時代は遡って、俺が社会人1年目のときの話。

季節は夏か秋だったか、おそらく。

大手で大量採用の会社であれば、職場で研修することも多い。けれど、俺の勤めるような小さい会社であれば、研修センターに行って研修を受けることも多い。

いわゆるＯＦＦ－ＪＴ、集合研修という奴(やつ)だ。大規模な施設で、様々な会社の新人たちが一斉に集まって講師指導の下、名刺の配り方や挨拶の方法、フレームワークなどをこなしていったり。

マニュアル通りといえど、新卒1年目にとっては未知の領域。研修が終わる頃にはくったくたになっていた。

「あ～、研修ダルかった～……」

研修センターから出て大きく背伸びすれば、沈みゆく西日が染(し)み込む、染み込む。

何が楽しくて毎週の土曜日が3回も潰(つぶ)れにゃならんのだ。おまけに宿題まで出されるのだから、「完全週休二日制とか詐欺じゃねーか」とボヤきたくもなる。

「風間(かざま)おっつー」

「おう。お疲れさん」

待ち合わせしていた人物、同期の因幡(いなば)に声を掛けかれる。

さすがの因幡も研修というだけあり、本日はリクルートスーツを着ている。

にも拘(かかわ)らず、周りの女子たちより垢抜(あかぬ)けて見えるのは、ボン・キュッ・ボンなグラビア体型の持ち主だからだろうか。はたまた、ハーフやクォーターと言われたら、信じるくらい顔立ちがクッキリ整っているからだろうか。

改めて思う。美人だよなぁと。

「何々？　ワタシのこと、まじまじ見てどしたのさ？　好きになっちゃった？」

「お前に、お淑やかな性格が備わったら完璧なんだろうけどなぁ」

「ノンノンノン。完璧じゃない女の方が愛嬌があって可愛いらしいってもんよ」

ああ言えば、こう言う。

まぁ、お互いデリカシーがないだけ、ズケズケ物事が言い合える仲というのは案外心地いいもんだ。


研修終わりは、因幡と連れだってマクドに行くのが恒例になっている。

注文して、席に座って、とりあえずコーラを飲む。どっと疲れが出たような気がして、ため息が出た。いやあ、社会人、疲れるわコレ。

「大手の研修って一日100件のテレアポしたりするらしいよ」

「マジかよ……。そんなんストレスでハゲるわ……」

ぜってー無理。

「てか、お前も大変だよな。デザイナー職なのに営業中心の研修に参加させられてるんだから」

「まーねー」と、机に突っ伏す因幡。隠すことなく大きな欠伸までするのだから、完全にお疲れモードらしい。

本来なら俺ともう1人の同期、阿立が参加する予定だったのだが、入社早々に退職してしまったのだ。

結果、金がもったいないという理由で、急遽因幡が参加することに。

阿立の退職により、元々そんなに多くない俺らの代の新卒は、因幡と俺の2人だけ。

この会社、大丈夫なのだろうか……。

「阿立の奴、涼森先輩に『辞めます』ってLINEで送ったらしいぞ。涼森先輩もビックリしてたわ」

「MIRAさんにねぇ」

「お前、先輩の前でポロッと言ったら、殺されるぞ……?」

「アハハ！　だよね、やばいよね」と笑いつつ、ストロベリーシェイクのフタを開け、因幡はポテトを突っ込むと、そのままパクリ。

「ギャルっぽい食べ方だな」

「結構好きなんだよねー。風間もやってみ」

ポテトを因幡のシェイクへと。ひんやりしたシェイクにポテトの塩っけが加わり、甘じよっぱくて美味い。

「どう？　美味いっしょ？」

「おう」と言いつつ、コーラを一口。

「隠し味の間接キスが効いてる？」

「ブホッ……！」

「風間きたな！」

「お前が余計なこと言うからだろーが！」

コイツのこういう軽いノリに、未だに慣れないんだが……。ただの陽キャとも違う、なんつーか、おっさんくさいというか。

そんなこと口にしたら、鼻の穴にポテトをツッコまれそうだけど。

※　※　※

マクドを出てみると、空はうっすら暗い夕焼け。

「さて、会社戻るか」

このまま家へ帰りたいのは山々だが、研修終わりの報告をしに行かなければならない。

「ねぇ風間。ゲーセン寄ってかない？」

「いーじゃん。久々にストレス発散したいし」

「といっても、会社のこと考えたら30分ちょっとくらいだぞ？」

「十分っしょ。それとも、」

「ん？　それとも？」

「ラブホのショートタイムでサクッと気持ち良くなる？」

「………。はぁん!?」

いひっ、と白い歯を見せて、両乳を下から掬い上げる因幡。コイツには羞恥心というものがないのか、自分の見せ方が上手いのか。

完全におちょくってやがる……！

「お、お前彼氏いんだろ！　俺をたぶらかすな！」

「あ～。ワタシ、別れたんだよねー」

「えっ」

そんなサラッと。

サラッとは続き、因幡が俺へと顔を近づける。

そして、嗜虐たっぷり、エロスたっぷりに囁くのだ。

「いつもはチラ見しかできない、ワタシのおっぱいが好き放題できちゃうチャンスだよ？」

「〜〜〜っ！　だから！　同期をおちょくるんじゃねぇ！」

「あはは！　ワタシとしてはどっちでもいいけど、どうする？」

「ど、どっちでもいいって」

「ちなみに、短時間でも結構自信あるよ？」

耳元で囁かれれば、思わず胸元を見てしまう。

彼氏と別れた。本人がＯＫと言っている。

それって、アタックチャンス……？　据え膳食わぬは男の恥……？

「〜〜っ！　分かったよ！　行くよ！」

※　※　※

俺たちが向かったのはラブホテル。

——なわけもなく。ゲームセンターである。

そりゃそうだ。入社１年目の同期とホテルでチョメチョメとか、そんな根性あるわけがない。おっぱいがいっぱい触れるとしてもだ。

大阪駅から歩いて10分ほどの東通り近くにある大きなゲームセンターで、夕方すぎともなれば、学生や家族連れがワイワイと賑わっている。

1Fはクレーンゲーム、2Fは対戦格闘や音ゲー、シューティングといったジャンルのアーケードゲーム。3Fには巨大ディスプレイの競馬ゲームがあったり、メダルゲームがあったり。

俺も学生時代、何度かお世話になったことのある店で、丸一日いても飽きないのではなかろうか。

さすがにスーツ姿のツワモノは、俺と因幡くらい。

俺はゲームが好きなので、現実離れした感じの騒がしい音やチカチカするネオンも嫌いではない。ホームかアウェーかでいえば前者ではあると思う。

……と思っていた。

「はぁ!? 俺もプリクラ撮んの?」

「一緒に決まってんじゃん。ワタシ1人で撮っても仕方ないでしょ」

まさかのプリクラ。

リア充であればプリクラも撮っていたのだろうが、生憎と俺はそこらへんに転がってる学生だっただけに、プリクラなど人生で数えるほど。

大学２回生の頃、ツレの野郎共と泥酔したノリで、ラウワンのプリクラ機でパシャったくらいしか記憶にない。

「入ろ入ろ」と因幡に手を引っ張られつつ、幕をくぐる。

不思議なもんだ。居酒屋の暖簾や照明写真の幕をくぐるのは何てことないのに。プリクラ機は緊張度が圧勝である。

「カップルモードでいいよね～」

「なんで⁉　というか、なんでそのモード⁉」

「こういうのってノリが大事じゃん。ね、マ・サ・ト♪」

「彼女面するなよ……」

コイツ、俺のこと好きなのかな……？

因幡は手慣れた手つきでパネルを操作していき、背景のフレームやら、目の大きさやら足の細さやらをあっという間に設定していく。足の細さの設定ってなんだよ。

いよいよ撮影がスタート。

プリクラなんて証明写真と同じでじっとしてればいいと思ってたのに、因幡がカップルモードにしたばかりに、「手を握ってね」とか「抱き着いてね」とか機械がポーズを指示してきやがる。格ゲーでも台パンしたことないのに、初めて台パン衝動に駆られる。

「ほら、マサト！　早く後ろから抱き着いてよ」

「は⁉」

挙句に、

「あ、キスだって」

「キス⁉　できるかぁ⁉」

「え〜？　マサトは本当にヘタレだねぇ」

「ミヒロさん……、勘弁してください……」

最近のプリクラ、刺激がすごすぎんだろ。

人間の俺よりチャラチャラしてんじゃねーか……。

色んな意味で初体験だったプリクラを撮り終え、次はメダルゲームへ。

大きなメダルゲーム機をプレイしつつ、因幡と隣り合ってプリクラ写真を眺める。

カップルモードは勿論終了しており、

「アハハハハ！　風間めちゃ笑顔下手じゃん！　童貞感がすごい！」

「ど、童貞とか言うな！　本当に童貞だったら泣いてたぞマジで！」

泣いてねーし。マジで。

奥歯をグッと噛み締めつつ、渾身の呪いを込めたメダルを複数枚投入口に入れれば、コロコロとアームを伝って落ちていく。

「ワタシ、こんな大きなメダルゲームは初めてだわ」

因幡はプリクラには慣れているが、メダルゲームは言葉通り初心者のようだ。

メダル投入のタイミングが悪く、ただただメダルを吸われるだけ。

「あーあー。引いてるタイミングでメダルを入れるんだって。そう、今」

「おっ、入った♪　なんか中央の光ったところに入ったけど、なんか意味あんの？」

「そこに入ると、ほら。スロットが1回分回り始めんだよ」

「へ～」と言いつつ、因幡はアドバイスどおりタイミングよく中央部分を狙ってコインを投入していく。

1時間も2時間も時間があれば、もう少しタイミングを見計ろうと思ったけど、生憎と俺たちには時間がない。

「なぁ」

「んー？」

「彼氏と別れたって言ってたけど」

「あー」と因幡。俺を見ずに、メダルゲームに集中したままだ。

反応的に聞かなきゃ良かったか？

けど、コイツの横顔が、なんとなく誰かに話を聞いて欲しそうに見えたのだ。

やっぱり勘違いではなかったらしい。

「ワタシらの会社って、結構ブラックじゃん？」

「1年目早々に認めたくはないけど、まぁそうだな」

にしし、と因幡は口角を上げる。

「元カレの会社、ホワイトってわけじゃないけど定時で帰れるっぽくてさ。しょっちゅう、『会おう』って言ってきてたんだよね。こっちの都合とかお構いなしでさー」

「生憎、俺らの会社だと物理的に不可能だな」

「そう！」

大きく頷いた因幡は、やっと俺の方を向いてくれる。

凹んでいるというわけではない。

モヤッとしている、愚痴を聞いてほしいという感じに見えた。

「しかもさー。休みの日は、絶対デートしなきゃダメとか束縛キツすぎない？　終電ギリギリで帰った翌日は寝たいに決まってんじゃん」

「めっちゃ分かるわ。自分だけの時間も欲しいし、残業明けの休日は夕方くらいまで3度寝くらいしたい」

「だよね！　めっちゃ分かる返し！」

因幡はケラケラ笑いつつ、メダルゲームを再開する。

「お前、よくそんなに性格違う男と付き合ってたよな」

「『社会人になるし、そろそろしっかりするかー』的なノリで付き合いだしちゃったからねー」

「軽っ」

「さすがのワタシも今回は大反省ですよ。ノリと勢いで決めるタイミングじゃなかったって、痛感させられたかな」

「まぁ、自分なりに問題も分かってて、反省してるんだったらいいんじゃないか？」

「おー。風間も良いこと言うじゃん」と因幡はニコニコしているときだった。

「あっ、見て風間！　ジャックポットだって！」

「えっ⁉」

いつの間に？　スロットがビンゴになっていて、さらにはゲーム機上部にある巨大ルーレットが見事に指定された数字に入っているではないか。

上部を走る列車が俺らのところに止まり、トロッコに積まれた大量のコインがドバァ！と一気に雪崩れこむ。10両編成なだけに×10である。

「わ、すごっ！　めっちゃメダル出てきたじゃん！」

「俺も初めてだわ……。てか！　こんなにメダルあっても時間内に使えねーから！」

時間を見れば、サボれる時間もあと少し。

「ほら因幡！　タイミングなんてどうでもいいから、メダルひたすら入れろ！」

「え〜。さっきまでタイミング大事って言ってたくせに」

二人して出てきたメダルを無駄に入れるという、よく分からない行為をする。

こういう時間がないときに限って当たりって出るんだよな。時間が有り余ってる時は、何も起こらないくせに。


メダルの戻し作業を終え、大急ぎでトイレへ。

そして、手洗いしつつ考える。

こんなとき、同期になんて声を掛けたらいいのかなと。

パッと見、因幡は吹っ切れているようにも見えるし、俺も何とはなしにアドバイスをしたような気もする。ジャックポットがタイミング良くやってきて大団円感もある。

でも、なんかご都合主義というか、食傷気味というか。

鏡に映る、いつも以上に目つきの悪い男を見て呟く。

「女心って難しいというか、分かんねーなぁ」

考える時間もないし、とにかくゲームセンターを出るしかない。

出入口で待つ因幡のもとへと小走りで向かう。

「因幡、お待たせ――、」

思わず呆気に取られる。

「お、お前マジか……」

それもそのはず。因幡がバカでかいクマのヌイグルミを持っていたから。

赤ん坊サイズどころか５歳児くらいの大きさがあるんですけど。

因幡は因幡で呑気なものだ。

「すごくない⁉　ワタシ、５００円でＧＥＴしちゃったんだけど！」

「おい……。因幡よ」

「ん？　どしたの？」

「どうやって、このバカでかいヌイグルミ、会社に持ってくんだよ……」

「………。てへ♪」

燃やすという選択肢を提案しそうになったが、さすがに我慢した。

※　※　※

「風間、今どう？」

「お、おう。誰もいないから大丈夫だ」

自分の会社に戻り、抜き足差し足。

幸い、土曜日の夜というだけあり、オフィスは非常に静か。

その間に、休憩室へと潜入成功。

さすがに研修終わりにゲーセン行ってましたなんて正直に報告できるわけもなく、因幡の戦利品であるヌイグルミは誰にもバレないようにどっかにしまっておこう。

なんて、所詮、新卒1年目の俺と因幡が考えた浅知恵である。

「くそ……バレたら、俺たち終わりだぞ」

「だからバレないようにこっそり来てるんじゃん」

争っていても無駄、事態は一刻を争う。

「よし、もういいか、掃除ロッカーにぶち込もう！」

「え～。せっかく獲(と)ったばかりなのに、掃除ロッカーに入れたらホコリまみれになるじゃーん」

「贅沢言うなよ！　ここ以外隠せそうな場所ないだろ！」

押し問答している場合じゃないのに、因幡が食い下がってくる。そのとき、
がちゃり。

「やばっ‼」

と言って因幡が手を引いたのは、目の前にあった掃除ロッカー。

俺ごとロッカーにぶちこんで。

「な、何で俺らが入る必要があるんだよ！」

薄暗闇の中、小声でクレームを入れようが、「てへ♪」と因幡は舌を出すのみ。

正面と正面。ロッカーの個室で因幡と２人っきり。

吐息と吐息が触れるくらいだし、何より因幡の胸がこれでもかと高密着している。

その感触に意識を集中させないように、外の気配へ耳を研ぎ澄ませる。

「ん……、ね。なんか……これはヤバいかも」

「あん？」

「この状況ってさ、ドキドキしない？」

ウィスパーボイスが耳をくすぐる。

「ワタシの胸、当たってるっしょ」

「……ノーコメント」

「風間の……アレも、……当たってるよね？」

「せ、生理現象だからノーコメント！」

コレはヤバい。ホントにヤバい。一刻も早く出なければと思ったとき。

「あれ？　そういえば、ワタシのヌイグルミは？」

「……あ」

真っ暗闇の中、因幡と顔を見合わせた瞬間、ロッカーの扉が開かれた。

「うおう⁉」「きゃ」

「2人とも、これはどういうことかな……？」

「「……」」

そこには、巨大グマの襟首を摑む、涼森先輩がいた。

なんだろうなぁ……。食物連鎖のピラミッドの最下層にいる気分に浸れてしまうのは。

「さーせん……」

このあとめちゃくちゃ説教されたのは言うまでもない。

※　※　※

　そして、駅を目指す帰り道。

「俺まで、因幡のせいで怒られたじゃねーか！」

「あははは！　心から笑いまくったわぁ。良い思い出ができたね～♪」

　そう思うならヌイグルミはお前が背負えよ。人目が死ぬほど恥ずかしいから。

　涼森先輩に、「おバカ！　研修終わりは、真っ直ぐ帰ってきなさい！」とバキバキに叱られたものの、休日出勤ということもあり、上司には報告なしにしてくれた。なんだかんだで優しい先輩である。

「あ～。久しぶりにドキドキしたわ～」

　人気の少ない街灯の下。大きく背伸びする因幡に声を掛けてしまう。

「なぁ」

「ん？」

「そのさ。元気出たなら、もう少し仕事頑張ってみようぜ」

　俺は続ける。

「お前がいないと、一緒に怒られる奴いなくなるじゃん」

「――え」

「だから！　その……、同期が俺だけになると、つまんないから。会社辞めたりすんなよってことだよ」

因幡はきょとんとした後、

「いやいやいや。ワタシ、恋愛が理由で別に会社辞めるとかないから」

「ほ、ほんとか？」

「ワタシ、遊ぶのも好きだけど、別に仕事は仕事で好きだしね。てか、そんな別れたって理由だけで『こいつ辞めるかも？』って思われる方が心外なんですけど？」

グイッと距離を詰められ、ジト目で見上げられれば、思わず冷や汗も出る。

「うっ。わ、悪ぃ」

ジト目一変。因幡がニヤリとイタズラたっぷりに口角を上げる。

「まぁ、でも、フリーになったし風間を味見してみようと思ったのは事実だけどね」

「……。はぁん⁉」

「あははは！」と大爆笑する因幡は本気で言っているのか、からかっているのかは分からない。

分からないけど、やっぱり甘い誘惑に乗らなくて良かったと心から思う。

俺と因幡は、今後もきっと同期として切磋琢磨（せっさたくま）して働いていくのだから。

「やっぱ、しばらく彼氏はいいわ！　遊びまくるぞー！」

「へいへい……。ほどほどにな」

いぇーい！　と元気いっぱいに手を挙げる因幡は、どこか吹っ切れたようで、もう夜だというのに今日イチの晴れやかなテンションだ。

「というわけで風間、今からワタシと火遊びする？」

「するか！　そんなことといって、婚期逃してもしんねーからな」

「そのときはそのときじゃん。アンタも人のこと言えないし」

「ぐっ……」

「そのときは余り物同士仲良くしちゃお？」

「〜〜〜！　だからそういう冗談、慣れないから止めてくれ！」

「あははは！」

「じゃあ今から、飲み行こっか」

「このバカでかいヌイグルミ持ってか？」

「え〜。じゃあやっぱりホテルにする？」

「飲みで！」

同期のコイツとこうやって言い合えるなら、まあ社畜生活も悪くない……か？

7話：サラリーマンたるもの、勝負服を身に着けるべし

衝撃のエロ画像――、ではなく、お宝画像を伊波(いなみ)たちから貰(もら)った週明けの昼過ぎ。

昼食に食べたハンバーグ弁当の消化に全ての神経を使って、うつらうつらとしていると。

「マサト先輩っ。マサト先輩っ！」

「どおう⁉」

伊波がいきなり、ＰＣチェアーが大移動するくらいの特大ハグをしてくる。

「メルピクから打ち合わせの許可をいただけました！」

「お、おお！　マジか！」

「もうどうしましょう～♪」

と言う伊波は、満面の笑み。アイドルグループのチケットが当たったみたいなテンションだな。

もちろん伊波が一生懸命やっていたのを知っている身としては嬉(うれ)しい。

伊波と俺が進めている新プロジェクトのほうは軒並み好調で、これまでみたいに無作為にテレアポする既存の方法に比べればかなり成功率が高い。取引が決まった会社も出てきている程だ。

成功率を上げている一番の要因は、やはり伊波だろう。

もともと広告営業経験のない伊波でも契約が取れるようにと、クライアントは伊波の得意分野を集めた。とはいえ、こんなに成功しているのは、得意分野だけじゃなくて、コイツ自身の努力とやる気ゆえ。

つくづく伊波は、仕事ができる後輩だ。

酔った時にゴネたり、かまってちゃんなのが玉に瑕だけど。

「当日は勝負下着で臨まないとダメですね〜♪」

「アホ。別に見せるわけでもないんだし何でもいいだろ……」

気合いを入れている伊波の横から、涼森先輩が顔を出した。

「取引先の人もちゃんと自社商品を知ってくれてるほうが嬉しいでしょ。だから、目に見えなくても、着用していったほうが会話は弾むかもよ？」

「ほあ。そんなもんすかね」

「そんなもんすよ」と元カリスマモデルの上司に言われれば、正しいことを言われてる気がしてくる。勝負パンツって見せるためじゃなくて、気合いを入れるために穿（は）く人も多いって聞くし。

話を向かい席で聞いていた因幡（いなば）も、女性陣の味方のようだ。

「というわけだけだからさ。メルピクに商談行く日は、風間（かざま）もランジェリー着けてけばいいじゃん」

「あ？」

「……ぷっ、くくく……！『実は俺もメルピクの愛用者です。ポロン』って」

「ドン引きされる未来しか見えんわ！」

下着どころか全部出してんじゃねーか。てか、ポロンじゃなくて、ボロンだし。

俺、脱ぐとスゲーし……！　と短小――ではなく、矮小（わいしょう）な気持ちに言い聞かせていると、

「いいですね！　ウケ狙いとしてはアリだと思います！　マサト先輩、当たって砕けよう作戦ですっ」

「ハイリスク・ノーリターンすぎる……。契約の前に、通報されるわ！」

セクハラ同期（おやじ）と、ぶっ飛んだ後輩に話は通じねえ。

最後のオアシス、涼森先輩に頼ろうとした。

——のだが、

「風間君のランジェリー姿……。ふふっ！」

「……先輩。アンタまでツボに入ったらおしまいだよ……」

本気で下着つけて商談行って台無しにしてやろうかな。

そんな根性ないけども……。

※　※　※

俺が当日は変態にならなくても良いだろう。

繰り返しとなるが、それくらい新企画は絶好調。

本日もテレアポで獲得した何件かの会社へ伊波と商談に行ったのだが、どれもこれも返事は快い。以前の商談のような、門前払いであったり、伊波目当てで会おうとする悪質な輩（やから）もグンと減った。

やはり伊波も自信を持って言えることが大きいと思う。

不動産や工務店などの会社への提案だと、どうしても家を買ったりリフォームなどの経験もないので、自信を持って「ウチの広告会社と契約すれば、多くのお客さんが家を買ってくれます」なんて言えない。俺でも無理だ。

けれど、若い女子をターゲットにした会社にならなら、「私もこの商品を持ってます。こんなに良いアイテムなんだから、メディアに露出しないのは勿体ないです！」とすごく説得力のある、自信を持った言い方が新入社員の伊波にもできる。

取引先の人も、伊波のような可愛い女子が自社商品について熱心に語れば、「いっちょ広告やってみっか」と興味も持ってくれる。

広告の専門的な知識はまだまだ勉強の身ではあるが、そういう専門的な話は俺がすれば良い。涼森先輩はそこらへんも考慮して、俺と伊波を組ませたのかもな。

てな感じで、２件も契約を獲得できた商談の帰り道。

「えへへ♪　私たち、最強のカップルですね～♪」

「コンビな」

「最強なのは認めるんですね？」

コイツ、言葉のトリックがどんどん上手くなってる気がする。

「まぁ、今は俺の力が必要かもだけど、ゆくゆくは専門知識も付いたお前だけで打ち合わせできるようになるさ」

「え～。だったら、今のままのほうがいいです」

「アホ」

伊波も冗談なのだろう。だからこそ、クスクス笑う。

「今日は2件も契約獲れましたね。ということは、お祝いが必要ですよね？」

「お前、先週しこたま飲んだのに、また飲みに誘うのかよ……」

「私、過去にとらわれないアバンギャルドな女を目指しているので！」

「物は言いようだよなぁ」

小言を言いつつ、財布の中身にいくら入っているか思い出そうとしている自分が悲しい。

諭吉どころか樋口すら入っていない素寒貧な財布だと気付けば、

「コンビニ寄ってもいいか？」

「あ。お金がピンチなら、今日は私が払いますよ」

「先輩に気を遣いすぎな。てか、労ってくれるなら、俺の財布じゃなくて肝臓にしてくれよ」

「えっ。マサト先輩の肝臓を労る……？　はっ！　そ、それって、『渚。俺のために毎朝、しじみの味噌汁を作ってくれ』っていうマサト先輩なりのプロポーズってことですか⁉

わ、分かりました今すぐ市役所――、」

「今すぐ病院行ってこいバカタレ！」

俺は肝臓、伊波は脳みそを労る必要アリ。

お気楽な伊波が、「あ」と口を開く。

コンビニに入る直前。伊波の視線の先には、ベンチでたむろする高校生たちが。

別に柄の悪い少年たちというわけでもない。コンビニで買ったジュースやチキンを片手に、ただただ楽し気に雑談しているだけだ。

「ん？　あの子たちがどうしたんだよ」

伊波は俺の問いに対して、ようやく我に返ったようで、

「あ……。ははは。『羨ましいなぁ』と思っちゃって……」

「羨ましい？　何が？」

「私、高校生時代、ああやって過ごしたことがなかったので」

「めちゃくちゃ、過去にとらわれてんじゃねーか」と呆れるものの、

「まぁ、女子はたむろなんて中々しないわな」

「うーん……。あんまり女子だからってわけではないのですが」

「？？？」

何だ、それ。よく分からない。伊波の言葉は意味不明だったが、伊波の表情は何か言いたそうなそれで。でもそこに俺が踏み込んで良いかどうかは別問題だ。

伊波はオーバーな程ブンブンと両手を振ってアタフタする。

「と言っても、別に大したことじゃないんですよ。ウチの親が厳しかったっていうだけの話で。私、コンビニって高3終わりくらいまで入ったこともなかったので……」

「へえ、そうか。高3終わりまで……、⁉　マ、マジか！」

「マジです。まあ、ちょっとした箱入り娘だったというか」

伊波が割と育ちがいいのは、何となく察していたものの、そこまでだったのかと普通に驚く。一瞬言葉が詰まってしまうくらいだ。

マジかよ。コンビニって、小学生でも入れると思ってた。知らない世界もあるもんだ。

黙っていると、伊波がバツの悪そうな顔をする。

「あ、なんかしんみりしちゃいました？　すみません」

「いや。しんみりっていうか、シンプルにビックリしただけだから謝るなよ」

バカ、俺の反応を見て無理に笑顔を作ろうとするなよ、
さっきまで契約を獲れてウキウキしてた顔の伊波が、急に遠くなった気がしてしまう。

だからこそ、咄嗟に言葉が出るし、足が動く。

「ちょっと待ってろ」

「え？」

その場に伊波を残し、俺は急ぎ気味にコンビニへ。

買い物時間、実に3分。

戻ってきた俺は、2つ買ってきたもののうちの1つを伊波へと手渡す。

「ほら。熱いから気を付けろよ」

「？？？　ブタメン？」

そう、伊波にプレゼントしたのは、我らが庶民の味方、ブタメン。

「金欠なのでブタメンで勘弁してください」というわけでは勿論ない。

「少し時間あるし、たむろってこーぜ」

「！　い、いいんですか？」

「部長もタバコで一服しまくってるんだ。俺たちだってブタメンで一服くらいいいだろ」

そう言いつつ、コンビニ前の空きスペースへ移動し、壁へともたれかかる。

「ほら。モタモタしてると麺が伸びるぞ」

いくらお嬢様であろうとも、ブタメンの誘惑には勝てるわけがなく。

「やった。たむろだぁ♪」

たむろで喜ぶ奴なんて、お前くらいだわ。

ということで、隣へやって来た伊波と、しばしのたむろ。

「伊波って高校時代はお嬢様学校とかだったのか？」

「う～ん。どうでしょうねえ」

先ほどから伊波にしては歯切れが悪い。言いたくない過去でもあるのかな。もちろん誰にだって言いたくないことはあるだろうけど、高校時代の話は伊波にとってことさらタブーっぽいな。

これ以上聞き出すのもマナー違反。俺は黙ってブタメンのスープを飲む。

うん。このチープな味わいが懐かしく、シンプルに美味い。

伊波のお口にも合うようで何より。ハフハフ、とプラスチックのフォークで麺をすする。

そのままスープを一口飲めば、満足げにうっとりと口角を上げる。

「くはぁ～♪　私、今まで食べたことのあるラーメンの中で、このブタメンが一番美味しいです♪」

「確かに美味いぞ？　けど、80円ちょっとだからな……？」

「値段は安いかもしれませんが、マサト先輩の優しさがこのスープに溶け込んでますからねー。マサト汁配合ですっ」

「なんだその汁……。めっちゃ不味そうなんだけど」

「何を言いますか！　直でペロペロしたいくらいですよ！」

「ほ、本気で俺をペロペロしようとすんな！　犬かお前は！」

「ワンッワンッ♪」

鳴き真似されようが、舐めさせると思ったら大間違いだバカヤロウ。

高校生の少年たちが羨ましそうに見てるから、切実に恥ずかしいんですけど。

「マサト先輩って、高校時代モテたでしょ？」

「はぁ？」

「だって、こんな風に優しくされたら、年頃の女の子は皆コロコロ転がっちゃいますもん」

「そんな丸っこい奴は全然いなかったぞ」

「ものの例えじゃないですか。実際は結構告白されてたんじゃないですか～？」

「ち、近ぇって！」

ずいっと前のめりになって聞いてくる伊波。おい、顔どころか胸まで近づけてくんじゃねえ。いつも思うのだが、コイツには同僚との適切な距離感というものを研修させたほうがいいのではなかろうか。

「あるんですか？　ないんですか？」

その顔には真剣さが溢れていて、適当に流せばいいものの、

「……まぁ、１回くらいはな……」

何だろうか。バレンタインのチョコレートに、オカンの義理チョコをカウントに入れるみたいなこの恥ずかしさは……。

いや、でも告白は告白だったし？　後輩の前でちょっと見栄を張ってみたかった的な？

我ながらクソダサい。言わんかったら良かった……。

後悔先に立たず。

「ええっ⁉　こ、告白されたことあるんですか⁉」

「ええって何だよ！　お前がしつこいからカミングアウトしたんじゃねーか！」

見栄の効果は絶大だったようだ。伊波は食べ終わったブタメンを地面に置くと、インタビュー責めを本格的に仕掛けてきやがる。

「そ、その話を詳しく！　ねっぷりどっぷり聞かせてください！」

「～～～っ！　絶っ対、イヤ！」

怒濤の質問ラッシュ。

「どういう人にされたんですか⁉」「どんなシチュエーションでですか？」「その人とは付き合ったんですか？」などなど。

答えはしないものの、聞かれれば、聞かれる程、人物像が浮かび上がってしまう。

何だか、告白にカウントした女子に対して申し訳なくて謝罪したくなる。

「マサト先輩はその人が好きだったんですか？」

「あーもう、この話やめ！　解散！」

「ちぇ～」と唇を尖らせる伊波は、不満タラタラな様子。

とはいえ、自分や俺の食べ終わったカップ麺のゴミを回収すると、ゴミ箱へとせっせと片していく。こういうマメなところは、育ちの良さが窺える。

会社へと戻る準備を完了させ、歩き出そうとしたときだった。

「まさかマサト先輩。商談成功のご褒美、これだけじゃないですよね？」

「えっ。……まぁ、さすがにブタメンで済ませる気はないけど」

質問に答えなかったことに対する当てつけ？　はたまた嫉妬？

伊波、ムッスリ顔&ジト目で見つめてきやがる。

も、もしかして、俺に純米大吟醸のプレミア酒とか奢れとか無茶ぶりするんじゃ……。

理不尽な制裁を覚悟した俺へと、伊波は言うのだ。

「今晩の仕事終わり、私とデートしましょう」

「……あ？」

なにそのいきなりの展開。

※　※　※

「マサト先輩、早くっ早くっ！　お店閉まっちゃいますから」

「へいへい。もっと早くに会社を出られたら良いんだけどなぁ」

「仕方ないじゃないですか。ウチはブラックなんですから！」

大声で言うな。可哀想だろ俺たちが。

仕事終わり、俺たちは大阪駅の北側にあるファッション商業ビルへとやって来ていた。

目的地はルクア。地下1階～地上10階までファッションや雑貨などに囲まれたビルで、アトリウム広場を挟んだ向かい側にも同じ系列のビルのルクア1100が建っており、10代～20代の若者で服を買いたいなら、ここに来れば満足できるような施設である。

俺もかろうじてターゲット層に食い込んではいるのだが、入ってる店が俺でも知っているような有名セレクトショップや、俺が知るわけもないハイブランド店などが立ち並んでおり、完全アウェーである。

ここに行くのなら、向かいのヨドバシカメラでパソコンとか家電を眺めているほうが落ち着くのが悲しい性。

デートというから、一瞬ビックリしたものの、伊波は何やら買いたいものがあるようだ。

「目的地は、ずばりコチラですっ」

じゃーん、と伊波の指さす先にあるのは、レディース専門のスーツブランド店。

「季節も変わるし、そろそろ新しいスーツを買っちゃおうかと。新しい自分になっちゃおうかと」

店へと入れば、まだ少し残暑が残っているが、9月に入っているというだけあり、秋モノらしき服が沢山並んでいる。店頭には今作一押しという風情の、ジャケットとスラックスを着たスタイルの良いマネキンがポーズを決めている。

サッと羽織るカーディガンやセーターなんかも陳列されており、色やデザインのバリエーションは豊富なれど、ビジネス用というだけあって、落ち着いて品が良い商品が多い印象だ。

「で、伊波はどんなスーツを買いに来たんだ？」

「そうですねぇ。一番はマサト先輩が『渚……！　今日のお前は何て可憐で素敵なんだ……！』って言ってくれそうなスーツですかね～」

「ヨドバシのパソコンコーナー行ってきていいか？」

「や～ん！」

「は、恥ずかしいから腰にしがみつくな！　ここはオフィスじゃないんだぞ！」

オフィスでは抱き着かれ慣れているのが、自分で言っていて悲しい。

「とりあえず、コレとコレとコレ試着してみますね～♪」

ドレとドレとドレでも試着すればいいさ。

伊波は手際(てぎわ)よく上と下の服を何着か手にとって、一人ファッションショーを開催。

客は試着室前の椅子に座らされた俺。約一名なのはご察しの通り。

さすがは我が社の看板娘。何を着ていても似合う。

ニットカーディガンをタックインし九分丈スラックスというボーイッシュ感のあるコーデ、グレンチェックのスカートにシャツを肩掛けした丸(まる)の内(うち)ＯＬ風コーデ、とろみのあるブラウスとスカートが一体型になったお姉さん風などなど。

一連のファッションショーが終わり、更衣室越しから尋ねてくる。

「どれがマサト先輩はお好みでしたか？」

「うーん……」

正直な感想を言えば、どれもめっちゃ似合ってた。

けど、俺は素直になれないお年頃。

「全部可愛(かわい)いよ」とか言えるほど、プレイボーイにはなれない。

俺の無言をどう解釈したのか、伊波は直球の言葉を投げてくる。

「直感で大丈夫ですから。ね？」

「そう、なのか？」

そうですよと伊波は、にへらと笑う。

「大好きな人の選んでくれた服。それを身に着けて通勤するだけで嬉しくなっちゃいますからね♪」

「っ……！」

「だから、しっかりアドバイスお願いしますね？」

そんなことをハッキリ言われてしまうと恥ずかしいし、適当な意見を言うことも当然できない。

こういう時、彼女持ちの男はさらっと言えてしまうものなのか？　俺はと言えば、女子の服装を選んでいるというこの状況に一向に慣れないんですけど。

ダメ元で店内を見渡すと、女性の一人客、友達や家族連れ、カップルもいて、皆それぞれショッピングを楽しんでいるように見える。

うーんとうなり始めた俺に、伊波は苦笑する。

「気難しく考えないでください。マサト先輩がいいなと思うものでいいんですよ」

「じゃあそうだな。今着てるのが、いい……かな」

今伊波の着ているのは、チョコレート色のフワッとしたスカートに清楚感漂う白シャツ。流行とかは全然分からんけど、オフィスにいても街中にいても良い意味で目を惹くし、何よりも伊波っぽい。そう思えた。

顔に出やすい俺だからこそ、伊波も適当ではなく真剣に俺が選んだことを分かってくれている。だからこその天真爛漫な笑みなのだろう。

「了解ですっ。じゃあこの服にしますね♪」

蕩けるような笑みを浮かべる伊波がズルい。何も悩まず、即決してくるあたりも。

外見だけじゃなく、そういう素直なところが、我が社の看板娘たる所以なんだよな。

「えへへ♪　良いお買い物ができちゃったな♪」

本当に嬉しいようで、大切そうに買い物袋を抱きしめる伊波は、ヌイグルミを抱きしめる少女のようだ。

「メルピクの商談には、マサト先輩が選んでくれたこの服で挑みますね！」

「お、おう」

俺は服を選んだだけだが、ここまで喜んでくれるのなら選んだ甲斐もあったな。

「よし。買い物も終わったし、軽く一杯ひっかけてから帰るか」

「いえいえマサト先輩」

「あん？」

「もう一軒行くところがあるんですっ」

そう言いつつ、もう1フロアを上がって誘導されたところは――、

「……はぁぁぁぁん⁉」

俺が素っ頓狂な声を上げるのも無理はない。

色とりどりのパンティ・パンティ・パンティ、一つ飛ばしてまたパンティ。

パンティ&ストッキングｗｉｔｈガーターベルトな世界が広がっていた。

「ラ、ランジェリーショップ……⁉　メルピク⁉」

「ささっ、マサト先輩。今度は私に似合いそうなランジェリーを選んでください。忌憚ない意見を聞かせていただければと！　商談時の勝負下着を是非！」

「選べるかぁ！」

勿論、俺は伊波が下着を買い物している間、大人しく外で待機していた。

8話：商談は綿密に、ラブ・ストーリーは突然に

本日はメルシー&ピクニックの会社へ商談に行く日。

俺たちの会社が梅田、メルピクの本社が神戸。一見すると中々距離が離れているように思えるものの、どちらも大阪と兵庫の中枢部というだけあり、ＪＲや阪神、阪急でも電車1本、乗り換えなしで行ける。時間も早ければ30分ちょっとで着く。

神戸駅から改札を抜ければ、駅周辺のランドマーク、神戸クリスタルタワーが目に入る。ビル全ての外壁をガラス張りにしており、今日のような絶好の晴れ日和は、真っ青な空だけでなく白い雲までもが、ビルをキャンバス代わりに彩らせる。

『高層ビルを眺め続けていると田舎者と笑われる』とよく言うが、神戸駅に降りる度についついクリスタルタワーを眺めてしまうものである。

そんなこんなで少し早く着いた俺と伊波は、チェーン系のカフェに入って来たるべき商

談の時間を待っていた。

伊波としては待ちに待った日なのは言うまでもなく。プレゼンの練習をこのカフェに入ってから何度も聞かされている。

思い入れの強い会社なだけに、何度やっても緊張や不安は解けないようで、

「緊張で何も言えなくなったら、『ずっとファンでした！』って言いながら、バッてブラジャー見せたら、契約とかくれませんかね……？」

「広報が男だったらどうすんだよ……」

「男性だったらこの作戦は諦めますっ。私、マサト先輩以外の殿方には、肌を見せる予定はありませんので！」

「ゴフッ……！」

「もうっ！　資料にコーヒー掛かったらどうするんですか！　それに今日のために新調した勝負服なんですから、汚しちゃダメです！」

「お、俺のせいじゃねーだろ！　飲んでる最中に爆弾ブッ込むんじゃねえ！」

どうしよう。打ち合わせ相手が女性で、いきなりコイツが痴女行為に走ったら。

因幡（いなば）の作戦通り、「実は俺もメルピクの愛用者です。ポロン」って続かないとダメなのだろうか。

そもそも、愛用してねーけども……。

今からの商談について、もっと真面目に考えろといったところか。

伊波は、ぶぅと唇を尖らせる。口を窄ませたままバナナミルクラテを飲むもんだから、口にホイップクリームがついて口ひげみたいに。

見ちゃおれんと、ペーパーナプキンを伊波の口元へと押し付ける。

俺の意図に気付いた伊波は、顔を動かして口についたクリームを拭っていくのだが、気付いたなら自分で拭いてほしい。

苦情はさておき。

「お前が今回の商談にかなり力入れてるのは知ってるけどさ。まぁ、そんなに気負いすぎんなって」

「でも……！」とやはり不安そうな伊波に俺は続ける。

「契約できるかは、タイミングだって重要だしな」

「タイミング、ですか？」

「おう。俺ら提案側がベストを尽くしたからといって、契約が１００％獲れるわけじゃないってことだ」

超大手の広告代理店だろうと、断られることはザラである。

どれくらい興味を持っていて、どれくらい本気で取引しようとしているかなんて腹を割って話してくれない限り分からない。

「お前は自分のできる最善を尽くせてるんだ。だからいつも通りに、のびのび気兼ねなく提案していけば大丈夫だって」

ちょっと恥ずかしい。

けど、真剣に耳を傾ける伊波へと、笑いつつ言ってやる。

「まぁそうだな。取引失敗したらウチの会社の広告サービスがダメダメだったからか、もしくは、俺の資料作りが甘かったくらいに思っとけ」

「マサト先輩……」

「ん？」

「だから大好きっ！」

「はぁん⁉」

俺の隣へとやって来た伊波が、そのまま豪快なハグを決め込んできた⁉

２人っきりでも、オフィスでもないから完全に油断していた……。

幸い客は少なく、気付かれている様子はない。とはいえ、いつ気付かれてもおかしくない状況下での背徳行為がドキドキを底上げするわけで。

「もうっ。なんで今からってときに、そんなトキめいちゃうようなこと言うんですか」

「な、何ギレ⁉　てか、くっつくなって！　せっかくの勝負服がシワになるぞ⁉」

「かまいませんっ。私、マサト先輩にだったら、どんなに汚されたり乱されてもへっちゃらです！」

「コーヒーでシミになるくだり、超要らねーじゃん……」

ちょいエロ発言になってること、分かっとらんのかお前は。

依然、密着したままの伊波は、まだまだ物足りないらしい。

「ねーねー、マサト先輩。頭ナデナデしてもらっていいですか？」

「は……？」

「イイ子イイ子してもらえれば、今からの商談、ベストを尽くせる気がするんです」

そんな真っ直ぐな目で見つめるなよ。捨て犬だったら、拾って帰っちゃうパターンの奴じゃねーか……。

とはいえ、芸人が通りすがりの素人に「面白いことやれ」って言われるくらいの辛さを感じる。それくらい、要求されて頭を撫でる行為はハードルが高い。

今飲んでるコーヒーがウォッカとかだったら良かったのにな。

そんなことを考えつつ、伊波の頭にそっと手を置く。

「お、お前なら大丈夫だから。――その、まぁ頑張れ……」

「えへへ。超頑張れちゃいます♪」

にへら～、と表情を緩める伊波。ますます犬っぽい。

「マサト先輩っ。このまま唇も奪ってもらって――」

「調子乗んじゃねぇ」

「ちぇー。ダメか～」

よし、これくらい軽口たたけるならもう大丈夫だな。

伊波が時計を確認する。そして、乙女の顔から社会人の顔に変われば、決戦のときが間もなくなんだと気付く。

中途半端(ちゅうとはんぱ)に残ったコーヒーを一気に飲み干せば、俺も準備完了。

「よし、そろそろ行くか」

「あっ」と伊波が思い出すように口を開く。

首を傾(かし)げる俺へと、伊波は背伸びしつつ耳打ちしてくる。

「念のためですけど。私、マサト先輩以外の殿方には下着見せたことありませんからね？」

「は⁉」

「誰にでも見せるような、安い女じゃないってことだけは覚えておいてください」

「お、俺だって伊波に下着見せてもらったことなんてねーだろ」

変な誤解を生む発言はよしてくれ。

「もう……忘れちゃったんですか？」

「あん？」

あったっけ？　そんな下着を見たこと……、そういえば。

「ト、トイレに連れ込まれたときのことか……？」

「ええ⁉　あ、あのときは不慮の事故だからノーカウントです！」

伊波がそのときの記憶を思い出したのか全力で否定してくる。

「そのときじゃねーのかよ！」

なんだろうか。俺はどこかで、伊波に下着を見せてもらったようなことがあったのかな
……？　酔っぱらったときか？

※　※　※

メルピクの本社はカフェと一緒のビルにある。

1F～3Fは商業フロアで、4F～10Fは貸しオフィスやレンタルスペースなどがある

企業用のフロアのようだ。

各会社と繋がりやすいように、専用の受付の人もいるようで、打ち合わせの旨を伝えれば、受付のお姉さんが電話で問い合わせてくれる。

ボタンを押せば、いくつもあるエレベーターの中から1つのランプが灯る。そして、そのままエレベーターに乗る。

最後のチェックにと伊波は取り付けられた鏡で身だしなみをせっせと。思わず隣にいる俺も襟元やネクタイを確認してしまう。

こんなとき、自分の身だしなみではなく、伊波おニューの服装を褒めることくらいできれば、リラックスさせることが幾分かできるのかもしれない。けれど、恥ずかしさが勝り、鏡越しに伊波をチラ見することしかできず。

エレベーターを上がれば、シン、と静まり返る。

人足が少なくなったのもあるし、商業から企業のフロアに代わり、天井スピーカーから流れるジャズっぽいＢＧＭが流れなくなったのが大きな要因だろう。

こんなときに考えることではないだろうが、ロールプレイングゲームでよくある、ラスボス前、祭壇やダンジョンを歩くときの無音演出に似ている気がせんでもない。

エレベーター前に設置されたマップで現在地とメルピクの場所を確認すれば、丁度反対側のようだ。円柱状のビルを右回りに回っていく。

本当に色々な会社が入っているようで、ガラス張りになった会社を横目に見ていけば、インテリア家具であったり、モデルルームのようなところも。貸し倉庫的な使い方をしている企業もあるようで、段ボールが山積みになっている企業なんかもあったり。今から出荷するのか、カートに大量の衣類を積んでいる会社もあったり。

「ここっぽいな」

「は、はいですっ」

会社名を見なくても分かる。

ガラス張りの壁面には、まるで店のように色とりどりのランジェリーがディスプレイされていたり、真っ黒や透明のマネキンにブラとショーツが穿(は)かれていたり、ポスターに貼られたモデルも一押しらしき下着を穿いていたり。この前、伊波に連れて行かれそうになった販売店とよく似ている。

企業名を確認すれば、オシャレな文字(フォント)で merci & pique-nique とネームプレートには彫られていた。

ウィンドーショッピング好きな女子的な。伊波はファン丸出しで陳列された商品を見て回っている。

「うわあ〜♪　これ、歴代のコラボ商品だ！　私が学生の頃に着てたものもありますっ。これですこれ！」

「こ、こら。商談しに来たんだろうが！　自分のブラ紹介してんじゃねえ。

テンション上がりすぎて、電話はないようで、呼び鈴を鳴らす。

会社の前にはインターホン、電話はないようで、呼び鈴を鳴らす。

　弊社の社名とアポイントの要件を伝えると、「お待ちしておりました！」というフレッシュな声と同時に、俺よりも年下、伊波と同じくらいの年齢の女性が案内してくれる。

　そして商談スペースへと通される。

　さすがは若手に支持されるランジェリーショップというだけあり、出てくるお茶菓子も小包みに入ったマカロンや、ミネラルウォーターも来客用にと小さなペットボトルが常備されているようだ。

「それでは、担当の吉乃を呼んでまいりますので」と女性がいなくなる。

「やっぱり、オシャレな会社は出てくるものもオシャレですよね」

「だよなぁ。うちの会社なんてスーパーで買ってきた煎餅と業務用麦茶パックだぞ。マカロンなんて初めて出されたわ」

「私、未だにこういうお菓子とかって、いつ食べればいいか分からないです」

「安心しろ。俺も分からん」

コンコン、とノック音がすれば、思わず背すじが伸びる。

伊波など背すじを伸ばすところか、立ち上がってしまったので、俺も急いで立ち上がる。

そこに立っていたのは、これまた可愛い系の女性だった。

金髪明るめ、肩より長めのロングでふんわり毛先パーマ。ライトグレーのワンピースはウエストのところがキュッとしまっていて、その下のミニスカートからすらりとした生足が伸びている。全体的にスタイルの良さが際立っている。

クリッとした瞳は少し垂れていて、小さくふっくらした唇も相まって小動物っぽい。

おっとり優しげな雰囲気を纏っているもんだから、どこか懐かしくも――、

「えっ。マサト君……!?」

「……。やっぱり、吉乃、だよな……？」

思わず客先であることを忘れてタメ口になる。

伊波がポカンとするのも無理はない。

「あ。悪い、伊波」

「ど、どういった繋がりなんですか？」

伊波が恐る恐るといった感じで聞く。

「俺たち、同じ高校だったんだよ」

「……ええっ⁉」

ビックリだよなぁ。俺もめちゃくちゃビックリだわ……。

衝撃の再会はひとまず置いておき、俺らは本来の目的である商談のため、椅子へと座る。

伊波は俺の隣、吉乃は俺の正面に座った。

「改めまして。メルシー&ピクニック 広報 吉乃来海です。そして、マサト君の同級生です♪」

「おおう。マジで久しぶりだよなぁ」

「ホントびっくりだよね！ まさか自分の会社にマサト君が現れるなんてね」

「世間は狭いよなぁ」

「マサト君、オジサンっぽいよ？」

「残念ながら同じ年齢だ」

「その感じ、相変わらずだねー」と、吉乃はクスクス楽し気に笑う。

俺たちと違って初対面なんだから、伊波はそりゃ緊張したままだよな。

「初めまして！ 伊波渚と申します」

「伊波さんって言うんですね。よろしくお願いします♪」

テーブルを挟んで名刺を交換する。自己紹介を軽く交わし合う伊波と吉乃をまじまじ眺めつつ、マカロンを口へと放り込む。取引先から出されたお茶菓子を、こんなにスムーズに食べられたのは初めてである。

吉乃はニコニコと朗らかムード。

「マサト君、そのマカロン美味しいでしょ？　北野坂にあるお店で雑誌とかに紹介されてる有名スイーツなんだよ」

「へ～。俺にはレベル高すぎて分からんかもな」

「分からないまま、次のマカロンに手を伸ばすのはどうかと思うよ……？」

「お前に食わせるマカロンはねぇ」といったところか。

「伊波さんも遠慮せずに食べてくださいね」

「は、はいですっ」

「もしかして伊波さん、かなり緊張してます？」

「あはは……。正直言うと結構しちゃってますね」

「後輩の伊波なんだけど、この会社の下着が昔から好きらしくてさ。今日の打ち合わせ、スゲー楽しみにしてたんだよ」

「は、恥ずかしいから言わないでくださいよう」

「えー！　すごい嬉しい！」と吉乃は目を輝かせて拍手する。

「私としてもですね。伊波さんが電話越しでも伝わってくるくらい熱心にテレアポしてくれたから、『一度会ってみるのはアリなんじゃないかな』って思ったんですよね」

　吉乃は続ける。

「ここだけの話、今契約してる広告代理店なのですが、結構やっつけ仕事が多かったり、デザイナーさんのセンスもちょっと微妙でして……」

　タイミングが良かったと、吉乃が微笑む。その言葉に伊波が「恐縮です」と答えた。

「でも実際会ってみたら、可愛い女の子だけでなく、まさか目つきの悪い高校の同級生もいてビックリしちゃった」

「やかましい」という俺のツッコミに、吉乃も昔と変わらない笑みを浮かべ続ける。

「マサト君、高校時代も目つき悪かったけど、余計悪くなったよね～」

「がっつりブラックに勤めた結果がこのザマだよ。吉乃は相変わらずっぽいなぁ」

「ん？　相変わらずってどういう意味？」

「いや、真面目だなって」

「どのポイントでそう思ったの？」

「ウチの会社の業績とか事前に下調べして、商談に臨んでくれてるところとかかな」

吉乃が持参している資料へと目を向ける。明らかにコチラで用意したものではない。

ということは、自分でもしっかり調べてくれているということだ。

「普通だよ。でもマサト君にそう言われると嬉しい。ありがとね」

なんだか懐かしくて、このまま高校時代の話をしてしまいそうになる前に、きちんと仕事だよな。とりあえず弊社のアピールポイントでも言っておくか。

「ウチの会社のデザイナーは同世代の女子だし、統括する上司の先輩もファッション知識に長けてる人だから、メルピクとの相性は悪くはないと思うぞ」

「へ～……」と吉乃がジットリ眼で見つめてくる。

「な、なんだよ」

「女性が多い職場なんだ～」

「はぁ!? そんなに多くねーよ」

「伊波さん、実際のところどうなんですか？」

「割合でいうと男性のほうが多いのですが、マサト先輩の周りは女子率高めですっ」

「伊波、お前はどっちの味方なんだよ……」

吉乃は伊波の味方らしい。

「伊波さん大丈夫？　マサト君にセクハラされてない？」と伊波のほうを向いて心配げに尋ねれば、

「してほしいんだけど、中々してくれないんですよねぇ」

伊波も負けずに真剣に返す。お前はベクトルがおかしいだろ……。

「し、してねーわ！」

「マサト君と伊波さんって仲良しなんだね」と吉乃が笑っているときだった。

「あ、あの！」

ここで、伊波が待っていましたというように身を乗り出す。

そして、俺と吉乃を交互に見た後、

「お2人はその、旧友だけの関係なのですか……？」

伊波としては真剣な質問なのは、表情や声音を聞けば明白。

とはいえ、そんな動揺が吉乃としては可愛いのか。

「他にどういった関係に見えます？」

「え！」

「後輩を困らせるなよ。俺たちはただのクラスメイトだよ。高2からのな」

「マサト君、昔私の告白を茶化してきたんだよねー」

「！！！」「ええっ！」

冗談にも真面目にも聞こえるトーンで吉乃が言うから、余計に焦る。おい、ここは居酒屋じゃねーぞ。オフィスでしていい昔話の度を越してるだろうが。

「そういうこと言うなよ！」

俺が必死で止めようとするのに、吉乃は「本当のこと言っただけだよー」と。

一方その頃、伊波。

「マサト先輩がこの前、告白されたことあるって言ってたの、吉乃さんのことだったんだ……！」

その伊波の発言に、さすがの吉乃が赤面。

「え、マサト君！　伊波さんに私のこと言ったの⁉」

「軽くだ！　それに、まさかこんなところで会うなんて思ってなかったんだよ！」

なんだコレ。俺、商談に来たんじゃなかったっけ……？

「まじで偶然だから！」と慌てふためけば、吉乃もミネラルウォーターを多めに摂取してクールダウンする。

「う、うん……。マサト君の焦った顔に免じてここらへんで許してあげるよ」

「ちなみに！　どうして、告白断ったんですか？」

おいコラ伊波よ。俺と吉乃が終わらせようとしている会話を掘り下げんじゃねえ。

「あはは……。それは伊波さんには秘密かな。私たちの思い出だし」

「吉乃ももういいから！　ほら、打ち合わせしようぜ」

これ以上、恥をかいて堪るかと商談へと方向展開すれば、吉乃も「そうだね」と少し赤い顔のまま同意してくれる。

さすがの伊波もガールズトークを続けるときじゃないと分かってくれたようだ。

顔には明らかに『知りたい』って書いてあったけど。

※　※　※

俺や伊波の想定していた商談とはだいぶ違ったものの、話自体はかなりスムーズにはできたと思う。

「うんうん。よく調べられてて、伊波さんのメルピク愛がよく伝わってきたね」

「ほんとですか？　ありがとうございます」

「ちょっと月額の運用費が高いところはネックになりますが、上司に尋ねてみてもう少し詰めていけたらなって思います」

吉乃は会社には聞こえないようにと半歩詰める。

「いけないことではあるんだけど、知り合いとせっかく縁が復活したんだから、ちょっと贔屓目に見ちゃうよね？」

「まぁ、ありがたいことではあるな。よろしく頼むわ」

「次来るときは美味しいお菓子持ってきてね」

「お、おう……」

「あはは！　冗談だよ」

会社の出口のエレベーター前まで、吉乃が見送りに出てくる。商談の結果は、数日以内に返事をしてもらうことにした。高校時代から真面目な吉乃だから、結果は分からないが返事が来ないなんてことはないだろうし、この機会がダメでも次に繋げてくれるだろう安心感がある。

「改めてだけどさ。伊波さんとマサト君って、本当に仲良いよね」

「え。何だよいきなり」

「まさか付き合ってるとか？」

去り際にそんなことを聞かれてしまえば、――というより、伊波との一件を思い出してしまえば動揺が走ってしまう。

そんな俺の情けない反応が、吉乃には否定に映ったのだろう。

高校時代ノリで、

「って、そんなわけないよね。こんな可愛い子に失礼だよね」

「そ、そんなことないですよ！」

「えっ」と吉乃が口を開く。俺でさえ「はん⁉」とアホ丸出しの声が出る。

「マサト先輩、すごく頼りになるし、尊敬する先輩ですもん。私の大好きな先輩なんです」

「そ、そうなんだ。ということは、伊波さんってマサト君のこと、もしかしちゃったりする……？」

即答だった。

「えへへ……♪　もしかしちゃったり、ですね♪」

「〜〜〜っ！　ＴＰＯ考えてお前らはガールズトークしろよ！　解散だ解散！」

伊波をエレベーターにブッ込み、閉まるボタンを連打。死ぬほど恥ずかしいからなのは言うまでもない。

吉乃はまだ何か言いたそうだったが、ドアが閉まるまでお辞儀をしていた。

※　※　※

電車に揺られて会社に戻る。なんだろうな、商談自体は上手くいったほうだと思うが、突然のアクシデントで今ひとつスッキリしないような。その原因は、横の新卒だ。

いつもはうるさいくらい打ち合わせのフィードバックをしたがるのに、今日の伊波は黙って俯いている。そんなに悪い出来じゃなかったと思うんだが、何かコイツの落ち込むようなことあったっけ？

「マサト先輩、鼻の下伸びっぱなしだった」

「あん？」

おもむろに話し出したと思ったら、何のことだ？　鼻の下？

「吉乃さんにですよ」

「伸びてねーよ」

「吉乃さんと過去に何があったんですか？」

「……いや、それはまぁ。さすがにプライベートのことだから言えない」

俺の言葉に、伊波は分かりやすく膨れる。どうやってなだめようかと考えていた矢先に、俺のスマホにメッセージが入る。

「あ。吉乃からだ」

そっか。アイツ俺の連絡先持ってたっけ。すげー久々だから、高校時代に交換してたことも忘れてたわ。

『今日はビックリした。今度２人で飲みに行こうね』

「マサト先輩が浮気……！」

「はぁ⁉　浮気も何も誰とも付き合ってねーから！」

スマホのメッセージ見るなよ勝手に。

9話：普段はハイスペック、最近はポンコツ

コピーもできないのかよ。

嫌なオッサン上司が若手社員に言うテンプレート悪口。

俺はこの言葉が大嫌いだ。

「コピーも教えてないお前が悪いだろって」って中指を立てたくなる。

自分の当たり前＝常識と考えるのは良くない。

自分だって新人時代、上司に色々と教えてもらったのだから、それを部下に還元していこうと思うべきではなかろうか。

コピーができない新人がいるのなら、上司の自分が教えればいいだけのことである。

きっちり教えたにも拘(かかわ)らず、いい加減な対応をしてきたり、何度も凡ミスする新人がいれば、そのときこそ叱るべきだろう。

信条という程のものでもないけど、後輩を教える立場になった時、俺はそう決めた。

そして幸いなことに、今俺が教えている新卒の後輩はこれまで、大きく叱られることのない、要領の良さを併せ持っていた。

――はずだった。

「おい。伊波（いなみ）」

「は、はい？」

「お前、この資料、盛大に間違えてるぞ」

「え？」と伊波が大慌てで先方に送るための企画資料を見れば、盛大に数値を間違えている。おまけに宛先となる会社名まで間違えている。

「会社名とか人の名前を間違えるのが一番ダメって前々から言ってるだろ？　そこは1度だけじゃなくて、2度見直せって」

こういう注意をするときは、出来るだけ穏やかな声を心がける。注意するときに威圧的になると、相手の態度に恐怖感を覚えて肝心の注意内容が頭に入らない。ということで、いつもとあまり変わらないテンションで言ったつもりなのに、言われた伊波の顔がサッと青ざめた。

「そ、早急に直します！」

「ああ。いや、いいよ。もう、コッチで直しといたから」

伊波は資料に目を落としたまま固まっている。

いつもの伊波なら、「直してくれたんですか？　御礼にハグとキスをどうぞ！」くらいぶっ飛んだセクハラを仕掛けてきそうだが、今は全く軽口を叩ける気配がない。

「あとさ、さっき俺のデスクにメモを置いてくれたやつだけど」

「あ、そうでした、えっと、マサト先輩宛に電話が……」

「それは分かるんだけど、肝心の電話相手が書いてないんだが……」

伊波が俺のＰＣに貼り付けたポストイットには『マサト先輩へ。11時に電話がありました。折り返しお願いします』のみ。

電話を取り次ぐ基本中のき。電話口の相手を確認すること。新卒のマナー研修で習うようなことを注意しなければならないことに、さすがに危機感を覚える。

「すっ……すみません!!」

「おう。今度から気を付けるんだぞ」

ミスが応えているのだろう。伊波はさらに俯いた。

ここ最近の伊波はミスが多い。普段の伊波が全くと言って良いほどミスをしないだけに、少しのミスが顕著に映ってしまう。俺としても、ここまでペースを崩す後輩にどう接していいのか悩んでしまうレベルである。

教育係の俺がビックリすることに、研修時代と比べても多いのだ。

どうしたもんかな……。

※　※　※

社畜リーマンの一時のオアシス。昼休憩。

会社近辺の飯屋に行くもよし。カフェで一服するもよし。会社の休憩所で弁当広げるもよし。とにかくこの時間だけは誰にも邪魔されないし、小言も言われない時間だ。

普段なら、俺も別にとやかくは言いたくない。

だがしかし、伊波の様子は口を開かずにはいられない状態だった。

伊波は信じられないくらいポンコツになっていて、ぽけ～とした表情でプチトマトを箸でつまむが、コロコロと転がったり。それに気付いていなかったり。

「おい。プチトマト転がってるぞ？」

「はっ。あはは……。すいません」

伊波は３秒ルール！　と言いつつ、５秒以上経過したプチトマトを口に咥える。

「あ、マサト先輩っ」

「ん？」

「これ、おにぎり多めに握ってきたのでどうぞ」

「あ、ああ。いつも悪いな」

伊波から貰ったおにぎりを齧れば、

「グフッ……！」

「マサト先輩⁉」

「お、お前！　このおにぎり、塩じゃなくて砂糖で握ってるぞ……！」

「ええ⁉　ちょ、ちょっと失礼しますね」

「何で俺のを齧る⁉」

伊波は俺の齧ったおにぎりをパクリ。

「うえ～～……。お米が甘い～～～！　梅干ししょっぱい～。タネ噛んじゃったよ～！」

「梅干しは最初からしょっぱいだろ……」

伊波がドジっ子ヒロインまっしぐら。

おにぎりを砂糖で握る奴とか、本当にいるんだなぁと、ある意味感心してしまった。

もう間接キスされてるし、気にすることもない。涙目になってる伊波へとペットボトルを渡すとお茶をゴクゴクと飲む。

そして突然、伊波が立ち上がる。

「下のコンビニで代わりのおにぎり買ってきますね！」

ぱっと財布を手にして、脱兎の如く駆け出してしまった。

「あ！　別に気にしなくて、――って行っちまった」

別に俺の分の昼飯は自分で食べたし、無理におにぎりを買ってきてもらう必要はない。

けど、ポンコツ伊波が心配すぎて、その場でとりあえず待つことにした。

そこに、作業を一段落終えて昼休憩に入った因幡がやってくる。

因幡もコンビニに行っていたようだ。手に持っているのは、カップラーメンにサラダとチキン。今日はガッツリ食べたい気分のようだ。

「最近、渚のミスが目立つみたいだけど、何かあったの？」

「あ～」

因幡の直球の質問。まあそりゃあ、あの様子は誰が見てもおかしいと思うよな。

「……さすが因幡、変なところで鋭いな」

「誰でも分かるっての」

因幡はカップラーメンをすする。

吉乃との一件を言うべきか、言わないべきか。

「まぁ、詳しいことは聞かないけどさぁ。渚があんなにダメダメになるなんてよっぽどじゃん？」

「まぁ、そうだな……」

「あんなになるなんて、アンタがらみしかないんだから。渚を安心させるためにも飲みに行って話を聞くくらいしてあげてもいいんじゃない？」

ごもっともだと思う。こういうとき、教育係なら後輩の悩みを聞いてあげるべきだ。飲みに行くかどうかは別としても。

因幡がにしし、とイタズラっぽく笑う。

「それか、ガツンと抱き締めるなり、ホテルで1発といわず2発でも3発でも——」

「〜〜っ！　しょ、食事中に変なこと言うな！」

「あはは！　冗談だって」

バカヤロウ。職場で言っていい冗談の域を超えているぞ……と呆(あき)れた俺のところに、先ほどよりは元気になった声が振ってきた。

「おにぎり買ってきましたー」

信号前にあるコンビニに行ってきたのだろう。ものの10分ほどで伊波が戻ってきた。余程、急いだらしく息が乱れている。

「?? ?　どうしたんですか、マサト先輩顔赤いですけど」

くそ……。因幡のエロい提案のせいで、俺も大概酷い表情のようだ。

「まぁ、よろしくやんなさいよ」

無駄に気を遣ってくれているのか。因幡は半分以上入ったラーメンやおかずを持ち上げると、そのまま席を後にする。

「あれ、深広先輩、ここで食べないんです?」

「クライアントから急ぎの案件が来ちゃったからね～」

「えっ。それは大変ですね……!」

「いやいや。渚、アンタもこれから『良い意味』で大変なことが起こるかもよ?」

「?? ?」

「ごゆっくり～～♪」

あの野郎。変な置き土産をしていくなよ……。

因幡が消え、代わりに伊波が俺の向かいに座る。コンビニで買ってきたというおにぎりのひとつを「はい、マサト先輩の分」と当然のように置いて、自分の分もぱりぱりと包装を解いてパクつき始める。

「い、伊波」

「はいです？」

改まって誘うのってなんだか緊張する。

「その、なんだ……。今夜あたり、飲みに行かないか？」

いや、今の発言キモくなかったか？　これまでは伊波から「飲みに行きましょうよ～」と言われて俺はそれを躱したり受けたりする立場だった。俺からアクションを起こすってあるようでなかったから、必要以上に相手の反応が気になる。落ち着け落ち着け。会社の先輩後輩の普通のコミュニケーションだろ。

「あ、あのさ！　嫌だったら別に――」

「――きます」

「え？」

「絶対行きますっ！　行くに決まってるじゃないですか」

そんな俺の不安を吹き飛ばす、伊波の「やったぁ～～～！」という大歓声。

「うおう⁉」

おまけというか、ゴリ押しというか。伊波がテーブルを飛び越えて俺へと飛びついてくる。いつもの伊波っぽさ満載。

「是が非でも行きます♪　今日は2人っきりでたっぷり飲んじゃいましょうね♪」

「お、おう」

俺はプロポーズでもしたのか？　と錯覚しそうになるくらいの喜びよう。いや、ただ飲みに行くだけでこんなに喜んでくれるなら、誘って良かったと心から思う。

とりあえず今日はコイツの話を存分に聞いてやろう。

※　※　※

終業間際。今日は残業せずに上がらねばと集中してメールを返していると、そばに置いてあるスマホが鳴る。

驚いた。そして、直ぐに立ち上がる。

「悪い、電話来たから」と隣でも定時死守とばかりに仕事を終わらせにかかっている伊波に一言告げる。

「はーい♪」

見送ってくれる伊波を背に、廊下へと出てスマホの通話ボタンをスワイプ。

「吉乃どうしたんだ？」

電話を掛けてきた人物は吉乃。

別にやましいことをするわけではないし、堂々と伊波の前で出たらいいのかもしれない。

それでも、折角昼休憩の一件でテンションの戻った伊波の気分を損ねるようなことをしなくても良いだろう。

『マサト君。まだお仕事中だよね？　終わったらさ、今夜一緒に飲みに行かないかなー、なんて……』

「えっ。今夜⁉」

『えっと。そうだね、できれば今日がいいです……』

ダブルブッキング。モテない俺に予定が重なることはそうそうない。なのに、何で一番まずいタイミングで起こるんだよ。

俺が返事をせずに黙っていると、スマホから焦った声が聞こえる。

『し、仕事！　仕事の話なんかもしたいからさ。上の人も興味持ってくれてて』

「ま、まじか！　あ～、でも……」

先に約束したのは伊波だし……。

ドアについたガラス窓から伊波のほうを見る。

すごく嬉しそうな表情で、音が聞こえなくても鼻歌を歌っているのが聞こえるようだ。

仕事を終わらせようと、急ピッチでタイピングしている。

でもなぁ、一緒に飲むのはさすがにだよなぁ。

『じつはね。競合他社も結構いい提案書持ってきてて。今日来てくれないと……』

「え……その話って」

『だからマサト君にどうしても今日話したくて』

俺は伊波を見ながら天秤にかける。仕事か、後輩か。普段なら先に約束をするところだけど、伊波がメルピクの案件に懸けている想いも知っている。加えて、今のアイツはすこぶる調子が悪い。俺が行ってフォローすべきなのか、どっちなのか。

うん……、決めた。伊波だって、メルピクと契約したいに決まってるだろうし。

『ダメ、かな？』

「いや、大丈夫」

『ほんと⁉』

「まぁそうだな。積もる話もお互いあるだろうしな」

『うん♪　じゃあ場所はＬＩＮＥで送っておくね』

スマホを切り、大きくため息が出る。

そのまま席に戻ると、伊波が満面の笑みでこちらを見つめる。犬であれば尻尾をブンブン振っている状態と言えば良いだろうか。

「マサト先輩っ！　今日は――、」

こんな後輩にドタキャンするのは、心底申し訳ない。けど、

「伊波。悪い……」

「？？？」

「外せない用事が入った」

「えっ……？」

伊波の表情の変化ぶりに、俺の心は罪悪感でいっぱいになる。ホントにすまん。

「今度埋め合わせするから！」

「い、いえいえ！　いつも付き合ってもらってるんですから全然大丈夫ですよ！」

カラ元気なのは痛いほど分かる。いつもの天真爛漫(てんしんらんまん)な笑顔ではなく、無理矢理に作られた張りぼての笑顔だった。

「用事のほうを優先しちゃってください。私はいつでもウェルカムなので！」

そう言った伊波の目がとても落ち込んでいて、寂しそうだったのを見ないフリをして、これも伊波のためと自分に言い聞かせる。

この時の俺の選択が正しかったのか、間違っていたのか。それは数時間後にすぐに分かることだった。

10話：吉乃来海が恋に落ちるまで

「ああ。緊張しました……」

マサト君との通話を終える。

未だに高鳴る胸を押さえて、何度も深呼吸してしまう。

「ちょっとズルい誘い方だったよね……」

我ながら女々しいなと反省する。でも、この前打ち合わせに来た伊波さんという女性社員がマサト君に恋しているということを知ってしまえば、どうしても動かずにはいられなかった。

きっと伊波さんも私の気持ちに気が付いてたんじゃないかな。

諦めていた、というか忘れようとしていた。けど、ずっと好きだった人が目の前に現れたのだ。

運命なんて信じるような年齢じゃないのかもしれない。

けど、そういう不確定なものにすがってしまいたくなる。

時が経って思う。やっぱり私はマサト君のことが好きなんだなって。今までも何人かと恋愛してきたけど、しっくり来てなかった。

※　※　※

私と風間マサト君は同じ高校の同級生だ。

といっても、最初の頃はただのクラスメイト。2年生の頃から同じクラスだけど、接点なんて殆どなく、男子生徒のうちの1人という感じだった。

当然最初は名前呼びではなく、苗字呼びで風間君。

風間君のイメージは飄々としている。

いわゆるカースト上位の人じゃなかったんだけど、嫌なことは嫌とハッキリ言う。クセの強いタイプだからこそ、友達が多いわけではない。けれど、仲の良い人たちからは、とことん慕われていた。先輩には可愛がられて、後輩には慕われる感じというか。そんな印象。

一方その頃、私。

自分に自信がなくて、それでいて周りに異質と見られるのが嫌で。

髪も黒色で見た目も控えめ、あくまで目立たないように。でも地味になりすぎないように最低限のメイクや服には気を遣って。本当は欲しいスニーカーとかアクセサリーとかがあるけど、あくまでカースト上位の子たちを立たせるような振る舞いをする。その子たちとファッションなどが被らないように。

八方美人という言葉が一番しっくり来るかな。

「あーね」「それな」とか。全く使うのに慣れていない言葉を使いつつ、周りに嫌われないようにニコニコする。そんな自分が嫌になる……っていうほど自意識が発達しているわけでもなく、ただ周囲の女子と波風立たないようにするのが、高校生活の一番賢い送り方だと思ってた。

風間君と話すキッカケは本当に些細なことだ。

「なぁ」

「えっ？」

放課後。日直の日誌を教室で書いていると、さらっと話しかけられた。

風間君は授業中にこっそりゲームをやっていたことが先生にバレて、反省文を書いている最中だった。

「なんでさ。カバン、前のに戻したんだ？」

驚いた。私のごく個人的なことに気付いていたから。

ざっくり言ってしまえば、新しく購入したカバンが、ウチのクラスのクイーンである君嶋さんと被ってしまったのだ。

君嶋さんも私が先に買っていたことに気付いていただろう。それでも、同じカバンを買ったということは、「もう私のカバンだから、分かるよね？」と言われていることも何となしに分かっていた。

だからこそ、目を付けられるのが怖かったり、調子に乗ってると思われるのが怖かったりで、こっそり前使っていたカバンに戻してしまう。ずっと欲しくて、一生懸命バイトして手に入れたブランドもののカバンだったけど、「高校生活を平穏に暮らすためには仕方ないよね」と自分にひたすら言い聞かせて。

直接ここまでハッキリ言ってくる男子は、風間君が初めてだった。

「べ、別に気分だよ」

「どーせ、君嶋メアリと被ったからじゃないのか？」

「！」

「お前って、人の顔色ばっかり窺ってそうだよなあ」

「そんなこと……」

「なんかさ。見てて、周りに合わせてる感をお前からスゲー感じるんだわ」

「別に無理して……は、いるかも。風間君には分からないよ」

身に着けているものが被ることはある程度仕方ないけど、今回は被っている人が人だから私はその選択をしたのだ。風間君みたいな男子にとってはとても小さくくだらないことのように思えるかも知れないけど。

「処世術って言うのかな？　嫌われないように、するのが精一杯だよ」

「女子には女子の世界があるから、別にいいけどさ。大変だよなぁ」

「風間君は考えなさすぎじゃないかな？」

「は？」

「だって、あれこれ考えず、嫌なものは嫌って断ってるでしょ？　君嶋さんが風間君の席使ってお喋(しゃべ)りしてるときとか、『邪魔』ってよく堂々と言えるよね」

「だって邪魔なもんは邪魔だし」

風間君のそういうドライというかサバサバしてるとこホントすごいと思う。

「俺、アイツら嫌いだしな」

「どういうところが？」

「アイツら人の陰口大好きじゃん。身内とか友達だろうと1人が席外すと、『最近付き合い悪いよねー』とかソイツの陰口言い始めて。また1人外すと、『あの子の彼氏ないわ～』とか陰口言い始めて。アイツらってロケット鉛筆か何かなのか？」

ひとつひとつ押し出して、残ったメンバーで陰口の言い合い。それが、ロケット鉛筆……なのかな？

「ロケット鉛筆……。あははっ！　たとえが懐かしいよよ！　でもちょっと分かっちゃうかも。確かにうちのクラスの女子は、そこらへんネチネチしてるかもね」

「だろ？」

「でも、男子は逆にドライすぎるよね」

「？　なんでだよ」

「だって、風間君だけゲームしてるのがバレて、皆は助けようとしなかったし」

「……」

「というか、風間君もドジだよね1人だけバレて」

「う、うるせーな！　集中してて気づかなかったんだよ！　授業中にやるボンバーマンやマリカはスキルよりも根性ある奴が強いんだよ」

「自慢できる話じゃないからね……？」

「優等生なお前は授業中にゲームなんかできないだろ」

「むっ！　むかつく！　そこまで言うなら、次の授業中ゲームに交ぜてよ！」

「言ったな？　ボコボコにしてやるからな」

何てことはない、放課後のただのひととき。話してる内容は特別でもなんでもないクラスの事情。それでも誰と話すよりリラックスして会話できることが不思議だった。

風間君と話した後。これからは私ももっと変わっていこうと思った。

そんな意思も込めて、クローゼットの奥へとしまい込んでいたカバンを取り出す。

でも私は、あまりに楽観視しすぎていた。

※　※　※

「ねぇ、被ってんだけど」

「あ……」

昼休みの教室。クラスメイトはまばらで、私はお昼ご飯のお弁当を食べた後、携帯をチェックしていたところだった。

それは当然といえば当然だった。一度は手を引いたと思った人間が、性懲りもなくまたカバンを持ってきたと思われても仕方がないから。

君嶋さんが不機嫌になるのも予想はできていた。けど、ここまでハッキリ言われる覚悟まではできていなかった。

派手めの美人ギャルで威圧たっぷりだし、取り巻きの子たちの視線も辛い。

ついにはハッキリと言われてしまう。

「吉乃にはこういうハイブランドのカバンは似合わないっしょ」

その瞬間、胃がせり上がるような恐怖感に支配される。君嶋さんの視線が刺すように私に向けられている。私の頭にはただ、嫌だ、孤立したくないという思いしかなかった。さっきまでの晴れやかな気分はどこかに吹っ飛んでいた。

そうだよね。中々、人は変われない。

私はいつもどおり、反射的に笑顔を作り、

「ご、ごめんね。明日からは別のカバンにするから」

「は？　吉乃が何で変える必要があんだよ」

「風間、くん……？」

そのときの私は庇ってもらったことより、風間君にこんな揉め事を聞かれているほうが嫌だった。何故か分からないが恥ずかしい。冷ややかな汗が背中を伝う。

「そのカバン、吉乃のが先に持ってきてただろ。被らせたのは君嶋なんだから、そんなに嫌なら、お前が変えればいいじゃねーか」

クラスメイトが注目している中、風間君は飄々と君嶋さんに向かっている。

「は？　風間は関係ないじゃん。てか、普通にキモイ」

「いやいや。キモかろうと一般的な意見だから」

「か、風間君、大丈夫だから。ね？」

「お前もお前だろ。なんで謝ることがあんだよ」

え、そこで私を怒るの？　普通庇った相手を怒ったりしなくない？　クラス中が風間君の一挙手一投足に目が離せなくなった。

でも風間君はかまわず続ける。

「自分が可愛いと思って買ったんじゃねーのかよ。それなのに、似合わないって言われてんだから中指くらい立ててやればいいだろ！　何がごめんねだバカヤロウ！」

ちょっと待って風間君。なんか君嶋さんのときよりヒートアップしてない？

でもそんな風間君のよく分からない怒り方がおかしくて、私は思わず笑ってしまった。

君嶋さんとしたら、それは面白くないよね。大きく切れ長な瞳で睨(にら)まれてしまう。

けど、彼女に対する恐怖心は、不思議と減っていた。

私は1つ2つと呼吸を正す。そして、君嶋さんを真っ直ぐ見つめる。

「あ、あのね？　このカバン、雑誌で見たときから一目惚れして、一生懸命バイトして貯めて買ったカバンなの」

「……だからなに？」

「だからね。君嶋さんのいうとおり、私には似合わなかったり、身の丈には合ってないかもだけど、大好きなカバンだからこれからも使っていくよ」

「っ……。そ。好きにすれば？」

怒っているかもしれないし、突き放されたのかもしれない。

それでも、お気に入りのカバンを堂々と持ってくることができるようになった。

それ以上に、自分の意見を面と向かって伝えられたことが、嬉しくて堪らなかった。むしろ、ちょっと殺伐したムードが緩和され、クラスの皆にも朗らかな雰囲気が戻る。

私にアイコンタクトで「やったね」と微笑んでくれる子もいるくらいだ。

風間君へと視線を合わせれば、うん、と力強く頷いてくれる。

誰もが一件落着。そう考えていただろう。

「まーまー、君嶋」

だからこそ、『この人、ちょっとおバカなのかもしれない』と思った。

風間君は君嶋さんに、さらっと言うのだ。

「お前、年上の社会人と付き合ってんだろ？」

「……は？」

「隠すなって。駅前のミスドで、お前と彼氏がイチャイチャしてたの俺見たことあるからさ。羽振り良さげなイケメンだったし、新しいの買ってもらえって」

またしても静まり返る教室。

そして、真っ赤になる君嶋さん。

「……ねーし」

「え。どしたん、君嶋」

「〜〜〜〜っ！　彼氏じゃねーし！　ウチのお兄ちゃんだしバァ〜〜〜カ！」

「ええ⁉　ってことは、実の兄貴に対して、お前はあんなに人懐（ひとなつ）っこい笑顔を――、」

「うっさぁぁい！　風間、マジ死ね！」

「ブハァ！」「風間君⁉」

風間君は君嶋さんから強烈なビンタを送られた。

「いってー」とうめく風間君を連れて私は保健室へ向かった。

保健室には養護教員の先生がちょうど会議中とかでいなくて、私はとりあえず氷嚢に氷を入れて、風間君のほっぺたに当てる。

「大丈夫？　とりあえず冷やすといいよ」

「おう、助かるわ」

「ごめんね。私のために」

まさか君嶋さんがビンタするとは。そして、まさかのお兄ちゃん好きだったとは。なんか悪いことしちゃったかな……。と思っていると、横から笑い声が聞こえてくる。

「ふっ。あはは！」

「風間君？」

「ついにお前も君嶋に言ってやったな！」

晴れやかな顔でそんなこと言われても。でも、そう。そうだ。啖呵を切ってしまったのだ。今まであんなに人の目を気にして、波風立たせないようにやってきたのに、どうしてそれを無駄にしてしまったんだろう。なのにどうして、こんなに気分が良いんだろう。

「ほんとだよ。明日から風間君みたいに私も白い目で見られるかも」

「お前は別に大丈夫だろ。俺だけだよ、目を付けられるのは」

「そうかな」

風間君こそ、きっと大丈夫だろう。おどおどしてないし、自分をしっかり持っているのだから。

「風間君、他の人がどう思うかとか、他の人に嫌われたくないって思ったりしないの？」

「皆に好かれるなんて無理だし、皆に好かれる必要ってないだろ」

「それは風間君だから言えることだよ」

「別にいいんじゃねーの？　自分の気に入った奴だけに好かれれば」

みんなそうしたくても、そうできないから、こんなに苦しんでるんじゃないかな。そう思ったけど、言わないでおいた。

「まあ、と言いつつ、ぼっちになるのは俺も勘弁だけどさ」

今まで友達いらんくらい言ってたのに、急に弱気になる風間君。ずるいよ、可愛い。そう思ったら自然と口から言葉が飛び出していた。

「風間君がもし1人になったら私がいるから大丈夫だよ」

「え？　それって告白？」

「ち、違います！」

「ははは！」

うそうそ、からかってごめん。と続ける風間君。見かけによらず、女の子の扱い慣れてるのかな？

その後は、ちょっと君嶋さんと気まずくはなったけど、風通しも良くなって自分なりの意見も少しずつ言えるようになった。

そして、風間君にだけは自分の意見を完璧に言えるようになった。

風間君ではなく、マサト君呼びに変わる頃だろうか。

友達としてではなく異性として好きになっていたのは。

その気持ちだけは、最後の最後まで完璧に伝えることができなかった。

※　※　※

高校最後の日。卒業式。

ドラマとかでよくあるように、私たちの高校でも卒業生への告白合戦が始まっていた。

ただの記念告白から、本命への告白まで。でも勿論その渦中（かちゅう）にいる人は普段からカースト上位の人たちだけで、たいていの人にとっては関係なかったりする。

私は自慢じゃないけど何人かの人に告白され、断った。

『好きな人がいるから、ごめんなさい』

そう頭を下げるうちに、少しずつ疑問が生じてくる。

皆は勇気を出しているのに、私は未だに受け身なんだなと。

自分なりに成長したと思っていた。

けれど、一番に想いを伝えないといけない人に、何も伝えられていないことに気付いてしまう。気付いてしまえば、足が動き出すのに時間は掛からない。

私は校内を走り回って、ようやく誰も居ない教室で、ぼーっと窓から空を眺めている意中の人物を発見する。

こんなところで何してるの？　と言いかけてやめる。マサト君は私に気が付いてるんだかいないんだか、ずっと外ばかり見てる。

「あれ、吉乃じゃん。あ、もう移動してる？」

「うん。みんな風間君待たずにお店向かってるよ」

卒業式終わりは、クラスコンパが待っていて、幹事の人が皆を引き連れて移動をしてる。

この後、打ち上げを終えてしまえば、進学先が違うマサト君とは本当に離れてしまう。

引っ越すわけじゃないけど、でも春になって新しい大学に行ったら、マサト君はきっとそっちに夢中になっちゃうだろうから。

だから——、

「マサト君」

「おう」

「あの……ね」

「ずっと好きでした。私と付き合ってください」

「えっ？」

マサト君はおどけた顔で呟く。

「とか、イケメンならこういうシチュエーションで言われるんだろうなぁ」

「……もうっ！」

「は？　何で怒んだよ。えっ、もしかして俺に本気で告白しようとしてたのか？」

「⁉　ち、違うよ！　思い上がりも甚だしいよ！」

「お、お前。本当に出会ったときと比べて、物言うようになったよなぁ……」

「どこぞのデリカシーない人のおかげでね？」

「……」

「……」

「あはははっ！」

咄嗟に出てしまった否定の言葉。

どうして「そうだよ」って言えなかったのかな。

「さて。皆待ってるし、私たちもお店行こっか」

「おう。そうだな」

いつものように笑うマサト君。

分かってる、そのいつもどおりが、明日からはないことも。

まだ間に合うかも知れない。――だけど、自分の意見を言えるようになったのに、肝心な気持ちは言えなかった。

人はそんなに変われない。

違う。変われたからこそ、私は恋に臆病になってしまった。

このまま大学生になって、社会人になって、どこかでチャンスはあると思ってたのに。

卒業後は2～3回高校のメンバーで集まったきり、徐々に互いの生活圏が別れ疎遠になってしまった。ありきたりな青春の結末。後悔してる。後悔しないわけない。

だからね、マサト君。私にもう一度チャンスをくれないかな？

11話：アチラと飲めばコチラと飲めず
「悪いな。わざわざ梅田まで来てもらって」

「いえいえ。私のとこは定時で帰れるホワイトだからねー」

「一気に罪悪感減ったわ」と小言を言えば、吉乃(よしの)は笑う。

仕事終わり、大阪駅の御堂筋(みどうすじ)口で待ち合わせした俺たちは、そのまま移動してイタリアンバルへとやって来ていた。

「それでは、今日も一日お疲れ様でした」

「おう。お疲れさん」

スパークリングワインの入った細長いグラスを合わせ、ゆっくりと傾ける。微炭酸のシュワシュワとした刺激が身体(からだ)をめぐり、じんわりとブドウの甘みが心地よい。上品だ。

生ハムの盛り合わせやら、アヒージョやら、適当につまみを頼む。普段は安い居酒屋でもつ煮込みなどで日本酒やビールを流し込んでいる身からすると、目にするものすべてが垢抜(あかぬ)けているように感じる。

「吉乃っていつもこんなオシャレな店で飲んでるのか？」

「社員の9割が女性だからね、結構こういう店多いかも」

「へ～。俺んとこは居酒屋が多いからな」

と言いつつも弊社の女性社員の顔を思い浮かべる。伊波(いなみ)や涼森(すずもり)先輩、因幡(いなば)も3人で集まったときとかは、こんな感じの小洒落(こじゃれ)たところに行ってるのだろうか。

アウェーな店すぎて、よく分からないメニューも多い。

「パスタ遅いなぁ」

「あれ？　マサト君、パスタなんて頼んでたっけ」

「おう。アクアパッツァってやつ」

「アクアパッツァって、この料理だよ？」

吉乃が1つの大皿を指差す。そこには、白身魚や貝類、トマトやオリーブなどが煮込まれた料理が。

「え。アクアパッツァってパスタのことじゃないのか？　俺、水煮したパスタ的な料理を想像してたんだけど」

「アクアパスタ……？　ぷっ、ははは！　確かにクリームパスタとかスープパスタっぽい名前かも！」

吉乃は「マサト君、天然すぎ！」と大笑い。

俺としては、何年にもわたってパスタだと思っていたものが魚料理だったことの衝撃が凄まじい。

吉乃がアクアパッツァを俺の取り皿へとよそってくれる。

「パスタじゃないけど美味しいから食べてみてよ」

アクアパッツァよ。紛らわしい名前で恥かかせんじゃねぇと思いつつ、魚を一口。

「うん……。普通に、というか、すげー美味ぇのな」

「でしょ？　このパスタ美味しいでしょ？」

「……いじめるなよ」

「あはは！」

吉乃が無邪気な笑い声をあげる。楽しそうで何よりである。

高校生の時は、どちらかというと清楚で大人しい印象だった。今も全体的なイメージは変わらないが、髪色が明るくなって、化粧のせいなのか幼げな容姿もズッと大人っぽくなったなぁとまじまじ思う。

俺の目が死んでいくうちに、吉乃は女を磨いてきたんだろうな。

俺がまじまじ見ているタイミングだったようで、吉乃は小さな口をモグモグと動かしつつニコニコと見てくる。

「改めてだけど、よく再会できたよなぁ」

「ほんとだよ」

「メルピクって若い女子に人気なんだろ？　お前って、自己主張苦手だったのにブランドものとか結構ミーハーなところあったもんな」

「失礼だなぁ。けど、そうだね。結構好きだったからねー」

吉乃はおどけるように見つめてくる。

「それでどう？　垢抜けたように見える？」

「お、おお。高校時代よりもな」

期待どおりの言葉を言えて何より。吉乃はさらに嬉々とした表情になる。

「それもマサト君のおかげなんだけどね」

「俺？」

「マサト君が自己主張の方法を教えてくれたおかげで、大学時代はもっと自分を表現しようってね。大学デビューってほどではないけど」

そう言ってグラスを手にスパークリングワインを飲む吉乃。そんな姿もサマになっていると思う。

「こんな感じで髪も染めちゃったりね」と二つ絞りにした髪の片方をアピールする。

「お、おう」

その吉乃の言葉に気が利いた言葉を返せるはずもない俺は、ただただ生ハムを咀嚼するばかり。吉乃はそんな俺の様子におかまいなしに続ける。悪ノリもあるのだろう。

「ほらほら。こんな感じでピアス空けたりね」

「ほら、見えるかな?」と言って髪を耳にかけて、俺へと顔を近づけてくる。

いやいや、顔近いって。

不覚ながらその仕草にドキッとする。

なんというか、先ほどからそのさりげなさとかが、ものすごく女子っぽい。

俺達は当たり障りのない会話をしながら、酒を互いに勧め合った。ほどよく酔いが回ってきて、普段よりも饒舌になっているのが分かる。吉乃も中々に酔っているようで、その整った顔でまじまじと見つめてくる。

恥ずかしさ隠しに、スパークリングワインをグラスへ注ぎ足していると、

「ねぇ、マサト君って好きな人でもいるの?」

吉乃がおもむろに切り出した。

「えっ」

「だってさ。あんな可愛い子に分かりやすいくらいアプローチされてるのに、断ってるからさ」

それが誰を差すのか、さすがの俺でも分かる。

「――後輩だからな。そんな簡単に手を出すほど俺もいい加減な男じゃねえって」

「じゃあ、後輩じゃなかったら手を出すんだ」

「……揚げ足取るなよ」

俺の呆れに笑ってくれない。むしろ、何故か真剣だった。

「可愛い奴だし、スペックも高い奴だよ。けど、俺は今まで後輩としか見てなかったから。最近になって、異性としても意識するようには確かになってきたかもな」

「じゃあ、付き合ってるわけでもないし、両想いってわけでもないんだ」

「ま、まぁそういうことになるな」

少し照れ混じりに答えれば、「ふ～ん」と吉乃はボヤきつつ、グラスに入った残りの酒を一気に飲み干す。

「店員さ～ん、ロゼ、もう1本開けてくださーい」

「お前も結構飲むのな……」

それから吉乃が少しだけ会社の話をしたが、それは今回の商談に関わることというより、広告代理店に求める要素みたいな一般的な話を終始していて、さらにそれも過ぎると吉乃の話は高校時代に遡っていた。伊波との約束を反故にしてまでこうして飲み会に来たのだから契約を獲るまでは行かなくても、何かしら決定的な話が聞けると思ったのに、肩透かしをくらった気分だった。

それでも粘り強く待っていると、とうとう吉乃が完全に酔っ払ってきてしまった。

「え、まだ頼むの？」

吉乃が３本目のボトルを頼もうとしたとき、思わず言ってしまった。

「なにがー？」

「もうボトル２本空けてるけど……」

完全に目が据わってるけど、吉乃さん。

「へーきへーき」

「その……吉乃さ、電話で言ってた競合他社だけど……」

「あーうん……そう、上司に言ってきちゃった。もうマサト君の会社に決めたいって」

「え、それって」

契約成立ってこと？　そう念押ししたかったが、酒の席でさすがにこれはまずいと思い直し、この言葉が聞けただけでも良しとする。高校時代の誼を存分に使わせて悪いなと思いつつ、コレに関してはなりふりかまっていられなかった。

「あ。でもちょっと待ってくれ。それは俺じゃなくて改めて伊波に伝えてやってほしい」

「ふーん……。そうですか、そうですか」

　メルピクにここまで拘る要因に、いつも酒を飲むと甘えだす新卒がいるとは、認めたくなかったが……。

※　※　※

　そして店を出る頃には結構な夜。帰り道。

「おい。大丈夫か？　タクシー使うか？」

　吉乃はそんなに酒に強くないようだ。ちょっとというか、だいぶトロロンとした瞳に。

「もう一軒行こうよ」

「いや。明日、平日だからな？」

「運命的な再会だよ？　もっとお祝いしようよ」

「運命的って大袈裟なやつだな」

「大袈裟なんかじゃないよ」

「え？」

その瞬間、吉乃は俺の背中に腕を回してきた。端（はた）から見ると抱き合ってるように見える格好だ。あれだけ酔っていたのに。吉乃の腕はびくともしない。突然すぎて、何をされているのかイマイチ分からない。

「私、本当にビックリしたんだもん」

「え、いやいや吉乃……？」

なんだろう、立ってられないくらい酔っているのだろうか？　これが部長だったら、問答無用で突き放すところだが、相手は高校時代に仲が良かった同級生だ。まさか「離せよ」と言うわけにもいかず、どうしたものかと考えあぐねていると、胸のほうからくぐもった声がした。

「マサト君、もし今付き合ってる人がいないなら……」

「……」

「私と……」

そう言って顔を上げた吉乃。そのキレイな顔がどんどん近づいてくる。

そのとき、

「マサト、先輩……？」

「え。……い、伊波？」

聞き慣れた声のほうを振り返ると、そこには。

伊波がいた。

あまりにもタイミングが悪すぎる。いくら会社最寄りの駅だからといって、伊波と鉢合わせるなんて。

「しまった」という俺の表情も悪かったのかもしれない。

やましいことをしていたわけでもないのだから、もっと堂々としていれば良かったのかもしれない。

吉乃も不穏な空気を察したのだろう。俺に寄りかかっていた身体を戻しつつ、不安げな表情に。その顔色は瞬く間に酔いが醒めていた。

たかが飲み会。でも調子の悪い伊波にとっては、それ以上の意味があったことが痛いくらいに伝わってくる。

結局仕事を優先したと自分に言い訳しつつ、高校の同級生と楽しく飲んだことに変わりはない。

だから「裏切った」「騙された」と伊波に思われても仕方ない。

そう瞬間的に思った俺の考えを読み取ったかのように、伊波は一層と寂しそうな表情になった。

「外せない用事ってそういうことだったんですね」

「いや……違くて」

「先輩のウソつき。……かなしいなぁ」

なんの言い訳も聞かず、伊波は「失礼します」とだけ残して、その場を去ってしまった。

俺はどうすればいいのか分からず、ただただ立ち尽くすだけだった。

12話：飲まずにはいられない日だってある

翌朝。昨夜の一件で気まずいが、そんな個人的事情で会社を休むわけにはいかない。

いつも通りに出勤するも、

「え……？　伊波（いなみ）が体調不良で欠席？」

初めてだった。皆勤賞だった伊波が欠席することは。

看板娘である伊波なだけに、社員一同も心配げに話している。ここ数日のミスの連発もあって、あの部長でさえ、「伊波ちゃん、どうしちゃったのかねえ」と言っている始末。

こんな時、伊波の愛され度を実感するが、今はそれどころじゃない。

俺のせい、だよな？

いや、俺のせいなのか？

俺は伊波のため、伊波に気を遣って吉乃（よしの）と会って、それから仕事の話をして。

勿論、仕事の話以外だってしたのは認めるけど。

これは伊波を裏切ったことになるのか？

いやいや。おかしいだろ。

たとえ仕事じゃなかったとしても、勤務時間外はプライベート時間だ。別に伊波との約束をドタキャンしたからといって、久々に高校の同級生と会って２人きりで話すのはいけないことではない。俺と伊波は付き合ってるわけではないのだから。

なのになんでだろう。

「先輩のウソつき。……かなしいなぁ」

チクショウ……。そんな顔を思い浮かべれば、ろくに仕事に身なんか入らない。

※　※　※

「あ〜。クソッ！　すいません、生ジョッキおかわりください！」

「もう飲みすぎでしょ」

「これが飲まずにいられますか！」

「あーあー。君がココまで泥酔するのも珍しいね」と涼森先輩がウォーターピッチャーに入った水をグラスに注いでくれる。

今現在、俺と涼森先輩は慣れ親しんだ居酒屋にいる。

今日一日、俺のダメさ加減を見ていた涼森先輩が、「飲みに行かない？」と誘ってくれたのだ。どこぞのダメダメだった後輩を飲みに誘おうとした俺のように。

自分でも分かる。めちゃくちゃ酔ってることが。

普段は何かとセーブしがちに飲んでいるが、今はそんな暇はないとばかりにガブガブとビールやら日本酒やらを喉から胃に流し込んでいく。つまみも殆ど食べず、ただただ酔いたいがために飲む、悪い飲み方だった。

でもそんなこと気にしてられない。鬱憤を酒で流さないとやってられなかった。

この際、嫌なことを考えるくらいなら悪酔いしたほうがマシだ。

「うぅ～。あのクソガキィ……。ウソなんかついてねーっての……」

そんな悪態づく俺を見かねた涼森先輩は、焼き鳥を1コずつ串から外して、俺の小皿へと載せてくれる。

「さっさと渚ちゃんと仲直りしちゃいなよ。今電話してさ」

「イヤっスよ！　人の気遣いも知れずにウソつき扱いしてくる後輩なんて」

俺はテーブルへと突っ伏す。自分でもなぜこんなに苛立っているのか分からない。別に伊波にどう誤解されようと、あとで話して分かってもらえばいいはずだ。そもそも俺は伊波の先輩なのだから、後輩の発言に一喜一憂するのも大人げなさ過ぎる。

けれど、伊波の、あの儚げな表情を思い出すと、どうしようもなく後悔でいっぱいになる。

「っだ――――もう！　生ジョッキ3人分追加で！」

「おバカ！　まださっきのビールも来てないでしょ！」

涼森先輩が、「この子の注文、今後一切無視してください」と店員さんに注文すれば、「あいよ！」と威勢の良い返事が戻ってくる。

「チクショ～～～……。酒も出さない居酒屋とか、何屋なんスか～～～！　居屋じゃね～～～か～～～……！」

自分でもちょっと何言ってるか分からないクレーム。酒がないなら食うしかねえと、小皿に盛られた焼き鳥を口の中へと放り込んでいく。塩ダレや甘辛ダレ、軟骨やつくねなど、味も食感も関係なしのモグモグタイムである。

口の中をさっぱりさせたいものの、水を飲んで体中のアルコール濃度を下げたくはない。

涼森先輩が飲んでいるレモンチューハイを睨んでみる。

「そんな可愛い眼で見つめられてもあげませーん」

「涼森先輩ぐらいですよ。俺の死んだ目を可愛いって言ってくれるの」

「そうなの？　でもさ。パグとかブルドッグとかって可愛くない？」

「え……。俺って、ブサかわのジャンルなんですか……？」

「こわ可愛い？」と言いつつ、焼き鳥とレモンチューハイを楽しむ先輩が、かわ可愛い。

「私、よく言ってるでしょ？　手塩にかけて育てた後輩はいつまでも可愛がりたいって」

「現在進行中で可愛がってもらってます」

あざます。俺はモグモグタイムに戻る。

「仕方ないなぁ」

「ん？　何が仕方ないんですか？」

涼森先輩はレモンチューハイを傾けながら、とっておきの秘密を話すような笑顔をこちらに向けた。

「渚ちゃんの面接のときの話してあげる」

ああ、そういえば涼森先輩は採用担当だったな。

確か去年に、「今年の新人は、期待の星だよー」とか言ってた記憶がある。

ウチみたいな中小のネット広告代理店に新卒で受けてくる奴なんて、せいぜい大手の滑り止めが理由の大学生か、よっぽどの物好きしかいないと思ってたんだよな。

まあ俺も人のこと言えねーけど。

「別に興味ないです」

「聞・き・な・さ・い」

頬をつねられれば、「……あい」と思わず頷いてしまう。

「渚ちゃんが、うちの会社が第一希望だって話は聞いてる？」

「ああ…」

聞いたこともあったような、なかったような。「私先輩がいるからこの会社に入ったんですよ」とか飲みの席で聞いた気もするけど、そのときは先輩を持ち上げるお世辞としか思ってなかった。

「うちみたいな企業を第一希望にする子なんて珍しいからさ、ちょっと志望動機を突っ込んで聞いてみたのね」

「はあ」

「そしたらね、あの子なんて言ったと思う？」

「小さい会社だし、すぐトップに立てそうだから」「家からチャリで5分だから」「同棲中の彼氏ともうすぐ結婚する。3ヵ月くらいで辞めれそうな会社だったから」などなど。

しょうもない理由ばかりが頭を巡り、答えらしきものは思い浮かばない。

思案に暮れる俺へと、涼森先輩は教えてくれる。

「マサト先輩に助けてもらったことがキッカケ」

「は……？」

突っ伏していた身体が思わず起きる。ワイヤーにでもつられたかのように。

「『自分も風間さんと一緒に会社を盛り上げていきたい』、『私の人生を変えてくれた人が働く会社で働きたい』だって」

「いやいやいや！」

涼森先輩のその言葉に、一気に酔いが醒める。


俺に助けてもらった？


でも俺、入社前の伊波に会ったことないよな？

会社の面接ならよくあることかもしれない。

WEBホームページの社員紹介を見てとか。

でも、生憎と俺はそのようなものには載ってない。

もしくはニュースとかでよくあるような、「最先端の医療技術によって命を救われた」

っていう展開で知らずに伊波の命の恩人だとか？

　勿論、俺はそのような大層な開発などしていない。

「助けたって、いつですか？　どういうことです？」

「そこまではプライバシーがあるから聞かなかったよ」

「一番気になるところ……」

「私ね」と涼森先輩はクスクス笑う。

「あれだけキラキラした目で語られたら、志望理由なんてどうでもよくなっちゃったの」

　涼森先輩は心底嬉しそうで、

「こんなに元気一杯の子なら、一緒に働ければ、きっと毎日楽しいだろうなって」

　酔っ払いの頭によく響く。

「私が見込んだ後輩を、心酔してるってだけで説得力あるしね」

　そして、心にも響く。思わず涙腺が緩んでしまうくらいに。

「俺……、女だったら間違いなく、涼森先輩に泣きながら飛びついてました」

「んー？　男の子でも、風間君にならに飛びつかれていいけどな」

「人目もあるんで、遠慮しときます」

「あはは。残念」と茶目っ気を出されれば、人目が気にならなくなるからズルい。

「でさ。今の話を聞いて、そんな子に会社辞めてほしい？　ここまで先輩想(おも)いの後輩は、滅多にいないんじゃないかな」

「……ですね」

いつだって伊波は俺の後を付いて回って、たまに本当に行き過ぎなところもあるけど、教えられたことはすぐにできるようになって、やったことのないことは一生懸命覚えようとして、常に俺の期待に応えようとしてくれる。サラリーマンの後輩として、理想的すぎる役割を、伊波はいつも頑張ってくれている。

涼森先輩は続ける。

「もう自分が何すればいいか分かるんじゃないかな？」

そこにタイミングが良いのか悪いのか、「お待たせしましたー」の声とともに、どんと置かれた中ジョッキ。何も言わず、それを涼森先輩がグビリと一口。

「君は酒を飲んでる場合じゃない」とでもいうように。

そんな先輩の有り難(ありがた)い気遣いを無駄にするわけにはいかない。

俺は空いているジョッキへとウォーターピッチャーの水をこれでもかと入れる。

そして、アルコールまみれだった身体を冷やすかのように一気に飲む。

そんな単純に酔いは醒めないのかもしれない。それでも、気分的にはもう素面(しらふ)に近い。

俺の身体は単細胞でことごとく良かったと思う。スマホを握りしめ、

「先輩、今日はありがとうございました！　俺、帰ります」

「はいはい、渚ちゃんによろしくね」

その言葉に甘えて、さっそく伊波の番号を表示してスワイプする。

着信音が鳴っている。何を言えばいいんだろう。言葉など何も思い付いていないし、心の準備も整っていない。

ついには、着信音から通話になる。

「……マサト、先輩？」

「お、おう」

胸を締め付ける。

泣いていたのか？　ひどく小さく冷たい声で。

「先輩、ですか……？」

こういうとき、何か気の利いた一言でも言えればいいが、生憎俺はそんなスキルは持ち合わせていない。

「あのさ、伊波――」

「――けて」

「え?」

か細い声、震える声で伊波は言う。

「マサト先輩、助けてください……!」

13話：大切な後輩であり、異性でもある

1分1秒も惜しい。

伊波（いなみ）がLINEで送ってきた住所をもとにタクシーに乗り込んで向かう。

車の中で、居ても立ってもいられなかった。

「助けてください」と言っていた。

助けて？　何を？　もしかして家に泥棒でも入ったとか？

頭の中をぐるぐると良くない想像が駆け巡る。タクシーの運転手に何度も「急いでください」を連発する。さぞ迷惑な客だろうが、今は緊急事態だ。

数分後。

到着したのは、ことさら大きくはないが、比較的新しめのマンション。エントランスに走り込んでいくと、オートロックのドアは施錠（せじょう）されていて、ドア前のインターホンで伊波からのLINEにあった部屋番号を押し込む。

プッシュ音の後にガチャッという音がする。

「伊波⁉　大丈夫か？」

「……」

伊波はインターホンに出てくれたということなのか？　画面の向こうにいるであろう伊波とこの沈黙が結びつかなくて、余計に焦る。

声の代わりに目の前の重々しい自動ドアだけが開いた。

俺は急いでエレベーターに乗り、廊下を駆ける。

そして、『伊波』と貼られた表札の部屋を確認した。

インターホンで無言だったので、もしやと思い、チャイムを押す前にドアへと手を掛ければ、案の定、カギは空きっぱなしになっていた。

「……！」

一気に背中に冷や汗が流れる。

普段だったら、いくら先輩後輩の関係でも勝手に部屋に入るのは言語道断だが、今は一刻の猶予もない。俺はドアを開き、そのまま部屋へと入る。

乱暴に靴を脱ぐ。

伊波以外の——泥棒、ストーカーとか、もしくは元カレとかがいたらどうしよう。

『危険』という文字が一瞬脳裏に浮かんだが、一瞬で消える。

ただ、伊波の無事を確認しなければいけない。

俺は大慌てで部屋の奥へと向かう。そして、いの一番に彼女の名前を叫ぶ。

「伊波！」

「マサトせんぱ〜い……」

「あ……？」

呆気に取られて棒立ちにもなる。

アホ丸出しな声も出るし、目が点にもなる。

「来てくれたんですね〜……。えへへ。ありがとう……ございま〜す」

「…………」

「あれ？　マサト、先輩？」

目の前にいるのは、泥棒やストーカーといった犯人ではない。

布団に入り、辛そうにグッタリ。おデコに冷えペタを貼った病人が死にかけていた。

伊波である。

「もしかしてお前……。風邪、なのか……？」

「あれれ？　会社から聞いてませんか？　『私、体調悪いから休みます』って」

「……。うん、めっちゃ言ってたわ……」

緊張と緩和とはまさにこのこと。

急激な安堵感が腰へと襲い掛かり、そのまま柱へと持たれかかってしまう。

ま、紛らわしい……！

※　※　※

「マジで風邪引いてるなんて思ってなかったわ」

「マジですよう。仮病なんかするわけないじゃないですか～……」

ひとまず顔の赤い伊波を寝かせ、俺はその近くに座る。伊波のそばにあった体温計で熱を測ると38度7分。そりゃあしんどいはずだと納得する。

聞いてみると、どうやら数日前から頭がボーッとしていたらしい。

「昨日から特に様子がおかしかったのは、熱が原因だったんだな」

それなら、仕事がポンコツだったのも合点がいく。ひとり納得していると、

「それだけじゃないですよ」

「うん？」

布団から顔だけ出した伊波。

「やっぱり……マサト先輩と、吉乃さんの関係が気になって仕事が手つかずだったのもありますよ……」

ストレートな伊波に、思わず言葉が詰まる。コイツ、風邪だからか、いつも以上に素直な気がするぞ……。

「公私混同しちゃダメなのも分かってます。けど、やっぱり気になっちゃって。マサト先輩に迷惑を掛けちゃって、本当にすいませんでした」

「いや……だったら俺も」

「仕事だけでなく、プライベートな時間まで頼ってごめんなさい」

熱のせいなのか、伊波の目が潤んでいるように見える。

謝るより先に、安心させたくなった。

やっぱり、頭を撫でる行為って自発的にするもんだ。

「マサト、先輩……？」

伊波の頭をゆっくり撫でつつ、笑って言ってやる。

「気にすんなよ。先輩っていう生き物は、頼られたら嬉しいって相場が決まってんだ」

先ほど涼森先輩と飲んでいたときの苛立ちはもうどこかにいって、とにかくこの弱った後輩を励ましたくて俺は続ける。

いや、後輩ってだけじゃないか。

「……男って生き物もな」

「ええ!? そ、それって――、」

もっとサラッと言えていれば、コイツも聞き流していたかもしれんのに。

というか、余計なこと言わんかったら良かった……!

伊波がガバッと起き上がる。布団がめくれ、パジャマ姿の新卒が夜分遅くにコンバンワ。

「ああもう！　熱上がるからそんなに声上げて起き上がるな！」

とりあえず火照った谷間から目をそらす。

「俺も悪かったな」

伊波の素直さに当てられたのか。自然に謝罪の言葉が出た。

「え？」

「ちゃんと吉乃と飲みに行くってお前に説明すれば良かった。あのとき、吉乃から急に『仕事のことで話したいから飲みに行かないか』って言われて。お前がメルピクに力を入れてたのを知ってたし。もし俺が行って契約獲れるならって」

「じゃ、じゃあ！　私のためを思って、会いに行ってくれてたんですか……？」

「でも俺だって公私混同してたのは事実だから。お前に目撃されたあとも、『俺はお前の仕事をカバーするために吉乃に会いに行ったのに』って自分に言い聞かせて都合よく解釈してた。人のこと言えねーよ」

目の前の伊波に向かって、頭を下げる。

「だから、俺も本当にごめん」

「マサト先輩、私……」

感極まって、抱き着こうとしてくる伊波だが、ピタリと止まる。

「あはは……。汗一杯かいちゃってるから」

「お、おう……」

いや、お前いつもなら問答無用で抱きついてくるじゃねーか。そこで引かれるほうが余計恥ずかしいわ。

「ねぇ先輩。汗拭いてくれます？」

「は⁉」

「今日はやらしい理由とかなくて！　本当にお風呂(ふろ)入りたくても、入れないくらいしんどいので……。ダメ、ですか？」

あまりのいじらしさに、「わ、分かったよ」と頷いてしまう。

伊波に場所を聞いて、俺はバスタオルとお湯を張った桶を用意する。

グッタリした伊波は俺へと背中を向けると、キャミソールを重々しくたくし上げていく。

「お待たせ、しました……」

「お、おう」

「恥ずかしいので、電気暗くしてもらってもいいですか？」

部屋の壁に飛んで行って蛍光灯のスイッチを消す。室内は間接照明の柔らかい光のみになった。

そして改めて、伊波に向き合う。

意を決したつもりだった。見入ってはいけないことも分かってる。

けど、やはり息を呑んでしまう。

それくらい、上半身裸の伊波は刺激が強すぎる。

月の光を浴びつつの伊波は、ブラをしておらず。さすがに俺へと見せるつもりはないようで、手ではしっかり隠してる。

「いつもはちゃんとブラしてるんですけど、どうしても今は苦しくて」

「そ、そんなことはいいから、ほら。拭いてやるから」

真っ白な腕を拭いたり、背中を拭いたり。無心になりつつ。

会話でもしなければと思い、何か話題を探す。

「案外、普通の部屋に住んでるんだな」

「？？？　どうして普通じゃないって思ったんですか？」

「いや、だってさ。コンビニデビューもかなり遅いって言ってたし、箱入り娘のイメージ強かったんだよ。だから、一等地とかのすげーマンションに住んでるかもって」

「あー、そういうことですか」と、伊波は合点のいった様子で、

「いえいえ。残念ながら私は、普通の女の子ですよ」

「別に残念がってはねーよ。それに、庶民な俺としては普通のが落ち着くし」

「えっ。じゃあ一緒に住んじゃいます？」

「あほ……」と呆れれば、伊波は華奢な肩を少し丸くしてクスクス笑う。

しかし、

「あの……、ですね」

「ん？」

冗談めかしていた伊波だが、顔を見なくても、声音の弱さだけで分かってしまう。

「そ、それで吉乃さんとは」

　やっぱり、その話をしないとだよな。俺は諦めて打ち明けることにした。

「別に昨日はホントに何もなかったって。吉乃がしこたま酔って、ふらっと俺に寄りかかってただけだから」

「それは分かりますけど、その……昔のことは」

「昔のこと？」

　こくん、と伊波は小さく頷きつつ、

「高校時代に告白されたっていうのは……」

「あー……」

　そこもコイツは気にしてたのか……。

　今になって見栄を張ったツケが回ってくるとはなぁ。

「あれはだな。その……、ノーカンなんだよ」

「え？　のーかん？」

「お、おう……。ぶっちゃけてしまえば、お前に見栄を張るために、告白されたって無理矢理に解釈して1つのカウントに入れただけなんだよ」

「それって、」

「まぁそういうことになるな」

吉乃は別に元カノでもないし、これから彼女になる予定も今のところない。ということだ。

それを聞くと伊波は。

「良かったぁ〜〜〜♪」

「お、おま⁉」

くるっと振り向いた伊波がいきなり抱き着いてきた⁉

勿論（もちろん）上半身裸、ノーブラでだ。

「伊波⁉　マジかお前⁉」

「身体（からだ）拭いてもらったから、もう我慢できなくなっちゃいました。汗の匂い、しますか？」

「いや、汗臭いとかそういうことじゃなくて」

むしろ、そんなの分からないくらいだし。別に良い匂いだし。って俺なに考えてんだ。

「〜〜〜っ！　とにかく！　嫁入り前の娘が独身男に抱きつくなよ！」

しかも乳丸出しで。とは口が裂けても言えなかった。

「だって〜、マサト先輩が嬉しいことというからです♪」

ぎゅっと抱きついてくる伊波が、色々と刺激が強すぎる……。明らかに先輩としてではなくて、異性として抱き着かれていることが明白だった。身を委ねられているという表現のほうがしっくりくると思うくらいに。

だけど、相手は病人だし、今ばかりは異性として見るときではない。

――と自分に言い聞かせないと、理性を保てない。

何か、別の話題をせねば。

「改めてだけど。心配かけて悪かったな」

「お相子ですし、もういいんです。それに、」

「それに？」

「マサト先輩がこうやって駆けつけてくれたんです。なんでも許しちゃうに決まってるじゃないですか」

「……お前の風邪が治ったら、今度こそ思う存分飲みに行こうな」

「はい♪　美味(おい)しい日本酒のお店、連れて行ってくださいね」

ただ飲みに誘っただけだし、一緒に飲む約束をしただけ。

にも拘(かかわ)らず、ちょっとプロポーズしたみたいな気恥ずかしさを覚える。

一件落着、仲直りしたばかりというのもある。

でも一番は、

「というか、いつまでも抱き着いてないで服着ろ！」

「え〜。幸せ沢山感じてるのに〜」

俺の動揺も何のその。伊波は離れるどころか、そのまま俺の胸板へと頬ずり。いくら薄明かりの中だろうと、形良く柔らかい膨らみも、色白でなめらかな二の腕や肩などもこれでもかというくらい感触は伝わってくる。

「このまま、私の事押し倒しちゃってもいいんですよ？」

「バ、バカなこと言うんじゃねえ！　病人相手にそんな行為するか！」

「ほうほう。ということは、私の風邪が治ったら押し倒してくれる——、」

「〜〜っ！　わけあるか！」

「あはは♪」

もう限界。気が引けるものの、伊波の露出した両肩を掴んで離すと、そのまま新しい着替え一式を押し付ける。

下も着替える必要があるのに、俺がここに居続けるのも気が引ける。上を見ちゃったり触っちゃたりしたものの、上は上、下は下である。

「伊波が着替えてる間に、コンビニ行って何か栄養つくもの色々買ってくるわ。何か欲しいものあるか？」

「そのまま帰っちゃわない、ですよね？」

「心配すんな。ちゃんと帰ってくるから」

いくら過激なスキンシップをしてくるとはいえ、しっかり病人であることには違いない。

「行ってらっしゃいです」

「おう。行ってきます」

何気なくも、お互いが意識してしまっているだろう挨拶。

そんな挨拶もたまには悪くないと思いつつ、俺はコンビニ目指して歩きだす。

柄にもなく鼻歌を口ずさみつつ。

14話：旧友はビジネスパートナー。そして……

数日後。

伊波(いなみ)の風邪もすっかり回復し、俺たちは2回目のメルピクの商談に来ていた。

今回のお茶菓子と飲み物は、俺と伊波が予(あらかじ)め有名店に並んで買ってきたフィナンシェと茶葉のセット。「フィナンシェって何ぞや？」と買い物時に思ったが、女子力高めの伊波が選ぶのだから異存はない。俺は領収書にサインを書くだけの簡単なお仕事である。

テーブルに配膳してもらった、お茶菓子や紅茶に目もくれず、伊波は吉乃(よしの)へと深々頭を下げる。

「あのときは冷静な判断ができていませんでした。吉乃さんにもご迷惑をお掛けして本当にごめんなさい！」

「と、とんでもない！ というより、伊波さんと予定があったことも知らずに誘ったこちらこそ、申し訳ないです！」

吉乃も負けずに頭を下げれば、伊波もさらにアタフタ。

「私のほうこそ、なんだかみっともないところを見せちゃってすみません……！」

「それを言うなら私もだよ。酔っ払ってマサト君に寄りかかってて、伊波さんより年長者なのにホント恥ずかしい」

「いやいやそんな……」

「いえいえ私も」

謎の謝り合戦が勃発。不謹慎ながら、似た者同士、鏡を見ているようで面白いものの、収拾がつかなくなる前にちょっとカバーしておこう。

「伊波、あのとき風邪引いててさ。翌日は高熱がが－っと出て、うるさいくらいうなされてたんだよ」

「そう、だったの」

「あはは……。健康が取り柄だったのに、久々にあんなに寝込んじゃいました」

俺が1つ2つと頷いていると、

「ってか、なんで伊波さんがうなされてたの知ってるの？」

吉乃の鋭い一言が命中。

「こいつが電話してきて、家までその……看病に行ったからだな……」

決してやましいことはしていない。看病に行っただけだ。そう自分に言い聞かせないと、あのときの伊波の姿を思い出してしまいそうだった。くそ、余計なこと考えるなよ、俺。

伊波は伊波で、思い出し笑いを始める。

「マサト先輩、犯罪に巻き込まれてるかもって勘違いして、大慌てで駆けつけてくれたんですよね」

「お、お前が紛らわしいところで電話切るからだろ！」

待て伊波、恥ずかしいだけだから、それ以上は言うなよ。

「ふふっ。マサト君も伊波さんのこと好きなんじゃない」

「よ、吉乃⁉」「えっ」

吉乃は仕返しといったような悪戯っぽい笑みを浮かべている。

「この前飲んだときね。マサト君、伊波さんのこと言ってたの」

「？？？　何て言ってたんですか？」

「『可愛い後輩を、異性としても最近は意識してる』って言ってたよ」

「マ、マサト先輩がそんな素敵な発言を……！」

「おい、吉乃！　話の前後がないと、なんか色々誤解を与えかねないだろ！」

「えー？　そうなのかなあ」

「マジで止めてくれ……」

「ふふっ！　仕返し大成功だねー♪」

チクショウ……。俺が告白されたとか、しょうもない見栄を張ったばっかりに……。

もはやこの場から消えてなくなりたい。窓から見える美しい神戸の街並みでも眺めて心を落ち着かせたいが、窓近くには大量のランジェリーがディスプレイされているだけに視線を向けることもできず。

ランジェリー代わりに、隣に座る伊波の横顔を見る。

「えへへ。マサト先輩がそんなことを♪　嬉しいなぁ。好感度もっと上げたいなぁ♪」

伊波の顔、喜びでフニャフニャ。

とことんお気楽な野郎だなコイツは……。

「私ね。伊波さんがマサト君を好きってことがよく伝わってきたから焦っちゃったんだと思う」

吉乃の唐突な発言に、俺だけでなく伊波もまた我に返った様子だった。

「だから本当にごめんね。伊波さんからしたら感じ悪かったと思うんだけど、」

吉乃はそう言って伊波に向かって手を差し出す。

「焦っちゃう気持ちは痛いほど分かります。えへへ……♪　似た者同士、苦労しちゃいますよね」

伊波が吉乃の手を素直に握れば和解成立。いや、別にケンカとかしてなかったのだろうけど。

2人は似た者同士。だからこそ、これから上手(うま)くやっていくことも容易(たやす)いはずだ。

旧友も分かってる。

「メルシー&ピクニックには、伊波さんの会社が必要だし、私も伊波さんとマサト君と一緒に仕事がしたいなって思ってます」

「そ、それって……！　商談成立、ってこと……ですか？」

伊波の驚き混じりの期待に対し、吉乃は晴れやかな笑顔で返す。

「これからよろしくお願いしますね♪」

「ええ！　やったー！」

その途端、訪問先だということも忘れ、伊波が抱きついてきた。いや、お前嬉しさの表し方にもうちょっと慎みを持てよな。

※　※　※

1時間後。

商談も成立したということで、俺達は広告の方向性やざっくりとした掲出スケジュールまでも話を進め、次のアポイントまで取って打ち合わせを終えた。

1回目の訪問と同じように、別れ際にはエレベーター前まで吉乃が見送りに来てくれる。

「じゃあ、詳細は私からメールしますね」と伊波。

メルピクに関しては、メインの窓口は伊波ということになった。吉乃も笑顔で応える。

「それでは、お待ちしてまーす」

「吉乃、ホントありがとな」

「こちらこそだよ。どんな広告デザインが上がってくるか楽しみにしてるね」

ちょうどエレベーターが来て、乗り込む寸前。

「！」

「ねえ、マサト君♪」

吉乃にぐいっと引っ張られ、耳元で囁かれる。

「私、諦めるとは言ってないからね？」

「っ⁉」

俺の耳に吉乃の柔らかい唇が、触れてきそうな至近距離。

先にエレベーターに乗り込んでいた伊波から見ると、ちょうど、吉乃が俺のほっぺにキスしているように見える角度。それを見た伊波は呆然とバッグを落とした。

何か言い返す前に吉乃はぱっと離れ、俺をエレベーターに押し込む。

「ばいばーい♪」

手を振る吉乃は、いわゆる小悪魔とでも形容したくなるくらい、可愛かった。

そうして、エレベーターのドアが閉まったとき。

「な、な、なにを……していたんですかあ⁉」

伊波が大爆発した。

「……落ち着け伊波」

「や、やっぱり好きだったんだ！　わ、私にもキスさせてください！」

「バカヤロウ！　監視カメラあるから！」

「関係ないもん！　チュウウウ〜〜〜！」

エレベーターの中で、しつこく唇を突き出して迫ってくる伊波をなだめながら、俺は今後、メルピクとのプロジェクトが無事に終わるのかどうか一抹の不安を覚えた。

お前ら、公私混同は程々にしようぜ……。

※　※　※

〝商談成立〟。この言葉以上に、広告代理店の営業マンにとって嬉しい成果はあるだろうか。

ということで、堂々の朗報を携えた俺達は早速自社に戻って報告をした。

意外なことに、その場にいた社員が結構集まってきて、おめでとうコールが始まる。

「頑張ってたもんね、2人ともさ」

我らがチームリーダー、涼森先輩からのお褒めの言葉。シンプルだけど温かい。さすが大人のお姉さんだ。

「えへへ、いやあマサト先輩との共同作業でしたから～♪」

さっきから伊波、お前は頬が緩みっぱなしだぞ……。つか2人並んで「おめでとう」コールされてるこの状況、結婚の挨拶か何かか？

「風間と渚、すっかりおしどりコンビだね～。良かった良かった」

そこに現れたのは、ラスト同期・因幡。そういやコイツにも心配かけたよなあ。

「鏡花先輩、深広先輩。ありがとうございます！　それから皆さん、風邪を引いてダメダメだったとき、ご迷惑をおかけいたしました‼」

伊波がものすごい勢いでお辞儀する。お辞儀のお手本目指しとんのか、お前は。

「全然だよ！」「伊波ちゃん心配したよ～」「元気になって良かった」と方々からフォローの声がする。さすが弊社の看板娘。社内のパーフェクトヒロインここにあり。

「マサト先輩っ、マサト先輩っ」

おめでとうモードも終わってそれぞれ自席に戻るなか、伊波が俺の袖を引っ張る。

「今日は飲みに行けますよね？」

男に二言はない。

「おう、約束だからな。今日は祝勝会だ」

「やった～～～～♪」

今日は存分に付き合ってやろう。

15話：目覚めの朝

メルピクの一件も終わり、伊波と俺は約束通り飲みに行く。

今日くらいは上級階級の気分で、ハッピーアワーウェルカム！　と意気込んでいたのだが、そんなのは夢だった。

結局、あの後は残業残業残業。そしてまた残業を押しつけられ、いつものＺ戦士御用達の安居酒屋へ。

とはいえ、でかい案件が上手くいった後ということで、普段よりも心が軽くなっている。

生ビール一杯５８０円だけど。

「かんぱーい♪」「乾杯」

俺達はグラス同士を合わせ、至福の一杯を喉に流し込む。

「くはあ～、生き返るぅぅ～～♪」

いつもの伊波のオッサンっぷりも今日ばかりは気にならない。

「今日はとことん飲んじゃいますよ～♪」

と号令を掛けられれば、

「おー、望むところだ。今日はとことん付き合ってやる！」

と返してしまうくらいに、今日の気分は爆上がり。

伊波はビールを飲み干すと、早速にお気に入りの地酒、大黒正宗（だいこくまさむね）の純米大吟醸を注文した。別にいいけどペース速くないか？

きりりと冷えた純米大吟醸をくいっと飲んで。

「日本に生まれて良かったなぁ～～♪」

コイツの心底幸せそうに飲む姿、久々な気がする。

「あ。そういえばさ、伊波」

「はいです？」

伊波は飲みかけのグラスを傾けるのをやめて、耳を傾ける。

「お前って、面接のときに俺のこと話したんだって？」

「あー……。ははは、聞いちゃいました？」

さっきまでの勢いはどこに行ったのか、急に借りてきた猫状態。

又聞きが行儀良くないことは分かっている。けど、自分が関与しているとなると、どうしても伊波本人に聞かずにはいられなかった。

「俺に助けられて、俺と一緒に働きたいって」

「……もしかして、思い出してくれたりします？」

「？？？」

その言葉に俺は伊波の入社前を想像してみる。入社前の伊波。この新卒小娘が新卒になる前に、どこかで会ったことがあるか。

うん……。

「いいや、すまんが全く」

記憶にございません。

そう言うと、伊波はほろ酔いでピンク色に染まった頬を、分かりやすく膨らませた。

「むぅぅ〜〜！　お兄さんのアホ！」

「お兄さん⁉　だ、抱き着くなって！」

「今日は絶対帰さないですっ！　覚悟しておいてください！」

いや、お前。それはいつもの殺し文句だろ。

1軒目でたっぷり飲んだ後も、2軒目、3軒目と飲むわ飲むわ。

今日ばっかりは無礼講。給料が入ったばかりというのもあるが、やはり気分も良い。家にもタクシーで帰ればいいしと、今夜ははしご酒。

次の店をどこにすべきか。俺は伊波を支えに、伊波は俺を支えにフラフラと歩く。

「先輩、すごい酔ってる〜」

「うっせ。お前だってかなり酔ってんじゃねえか〜」

すれ違う通行人からすれば、余りにもどうしようもない社会人2人だろう。キャッチの兄ちゃん、客引きのガールズバーの姉ちゃんでさえ、俺らには声掛けしないくらい泥酔状態なのだから。

俺は思わず笑ってしまう。

「あれ？　どうして、マサト先輩笑うんです？」

「いや、今日の酒はめちゃくちゃ美味えなって」

今日の泥酔っぷりと、この前ヤケ飲みしたときとの泥酔度は良い勝負だだろう。けど、気分が全然違う。やっぱり酒は楽しく飲むのが一番だと痛感する。

心地好いから、柄にもなく恥ずかしいこともサラッと言えてしまう。

「今はすげー楽しいし、酔ってて気分いいわ」

「えへへ♪　私も気分いいです」

伊波は俺を茶化すどころか、もっと盛り上がろうとさらに密着しつつ、「ささっ！　次のお店に向かいましょう！」と支え、支えられつつ、夜の飲み屋街へと歩いていく。

※　※　※

「……ん？」

翌朝。目が覚めた俺は愕然とした。

見覚えのない部屋。どこか異国チックで、アロマな香りが漂う広々とした空間。

ここはもしかして、いやもしかしなくても分かってしまった。

なぜなら、俺の横に視線を向けると――、

「はぁぁぁぁん⁉」

隣には浴衣姿の伊波が、可愛らしい寝息を立てて寝ていた。

「あ……。マサト先輩、おはようございます？」

「〜〜〜〜⁉」

胸元や生足が大胆にはだけた伊波に驚愕。

「お前！　丸見えだぞ！」

「う〜ん……。頭に響くから、そんなに大きな声出さないでくださいよう」

「な、なぁ伊波。俺たちって、なんでラブホ――、ホ、ホテルなんかにいるんだ……？」

「何でって。…………。いや～～ん♪」

「なんだその間！　あと、何故照れる⁉」

「えへへ♪　昨日はすごく盛り上がっちゃいましたね？」

「⁉　も、盛り上がったのか……？」

「それはもう！　マサト先輩の初めてな一面ばかりだったので、もうドキドキ、キュンキュンがずっと止まりませんでした♪」

「…………」

固まる俺。

そして、浴衣を正し、ベッドの上で慎ましくお辞儀する伊波。三つ指をついて。

「これからも末永くよろしくお願いしますね。マサト先輩っ♪」

え……。それって、仕事のこと？

それとも、プライベートのこと？

え。俺、酔った勢いでエッチしちゃった……？

あとがき

お久しぶりです、凪木エコです。

『かまって新卒ちゃんが毎回誘ってくる』２巻を手に取っていただき、誠に感謝です！ 仕事や勉強の合間の息抜きであったり、休日のリフレッシュがてらに癒されていただけたのなら嬉しい限りでございます。

「ゲームボーイカラーやアドバンス、ゲームキューブとか懐っちー」とノスタルジックな気分に浸れたのなら尚良し。

ちなみに僕はアラサーなのでゲームボーイ世代。キッズ時代は通信ケーブルを友達のゲームボーイとジョイントしてキャッキャしてました。

懐かしすぎワロリンコ。


今からは作品について触れていきます。

ページ数調整の結果、あとがき12ページという「コラムかよっ」とツッコみたくなるくらいの量を課せられていますので、すごいマイペースに書き綴っていこうかと。

多分、作品語りだけでは足りないので、途中くそしょうもない話なんかもチラホラすると思います。「興味ねーよ、おっさん」という若者は、ここでブラウザバック推奨。

物好きさんは、まったりコーヒーやジュースでも飲みながら、あとがきという名の雑談を聞いてやってください。

ではでは。


2巻いかがだったでしょうか。

地味～に、1巻での伏線を色々と回収した2巻になったのかなと。

1巻で採用されたマサトの企画であったり、昼飯食いながら語っていたマサト＆深広（みひろ）のゲーセン話とか、ちょろっとしたネタだと鏡花（きょうか）がＭＩＲＡって呼ばれる由来とか。

序盤～中盤は1巻で活躍したヒロインをもう少しどんな子たちなのかを読者さんに知ってもらえるようにと書いてみました。

エロかわ同期の深広をもっと詳しく書きたかったので、沢山出せて僕的には満足でございます。おバカな桜子（さくらこ）もマサトの会社まで連れて行くことができて大満足。

ラブホ女子会はもっとドエロいものにしようと思ってました。「社会人ラブコメだし、バイブとかピンローどんどん使ってこーぜ」と思ってました。ですが、世の中にはモラルという言葉があるので自制心が働きました。担当さんに「凪木さんがどうしても書きたいのなら、いいですよ」と言われました。変態扱いすんじゃねぇ。

ラブホはさておき。

新キャラの来海（くるみ）について。

学生時代、仲の良かった友達と、気付けば疎遠になってしまうのってあるあるですよね。

遠方へと進学や就職してしまったからとか、今の環境に満足して昔の思い出と割り切っ
てしまったり、結婚や子供が生まれたからだったり。本当に理由は色々。

一度会わなくなると、「え。俺たち友達だったよね？」というくらい会わなくなります。

LINEのアイコンが赤ちゃんになってて、「えっ。こども？　てか、結婚してたん？

友達、だよね……？」となることもしばしば。

「そんなことねーよ。お前が友達いないだけ」とか言わないで。

止めてくれ読者。そのセリフはオレに効く。

あとがきが長いと、何も考えないでパロネタとか下ネタを書き殴ってしまいます。

もっと考えて執筆していくべきかなと。猛省。

僕は立派なモノがブラ下がってるので、来海のような乙女の気持ちは分かりません。

ですが、友達だけでなく好きな相手だったらからこそ、敢（あ）えて距離を取ってしまうなん

てこともあるんじゃないかと。

ふとしたこと、今回ならば偶然の再会が引き金になって、忘れようとしていたり抑えていた感情が一気に解放されてしまう。みたいな。

等身大のラブソングの歌詞とかに書いてそう。

あー。ありがとうございますー。今、全国の恋する乙女に冷ややかな視線をいただきましたけどもね。こんなん、なんぼ食らっても良いですからね。

ドMボーイの相方募集。

読者さん、分かりますか。大量のあとがきスペースを用意されると、なんでもやりたい放題なんです。担当さん、分かりますか。このまま野放しにしておくと、どんどん作者だけでなく作品の好感度も下がっていくんです。

「このあとがき、誰得なんだよ」という想いを背に、残り8ページくらい頑張ります。

とにもかくにもです。来海の恋愛事情を絡ませつつ、渚を中心とした既存ヒロインたちのマサトへの気持ちもレッツラ混ぜ混ぜした所存。モテる男は辛いよねというお話をお届け致しました。

今まで学園ラブコメばっかり書いてきていたので、社会人ラブコメの環境では書ける幅も広がりつつ、狭まってしまうこともあったり。一長一短を実感する今日この頃です。

次いで、『かまって新卒ちゃんが毎回誘ってくる』の全体を通して。

ありがたいことに、1巻発売されて間もなくで重版が掛かったようでして。

社会人ラブコメってジャンルは、ラノベだとまだまだ定着していないジャンルなので、一定の評価をいただけて良かったと安堵しております。

このご時世、本当にありがたい話です。1巻打ち切りなんてこともザラで、こうやって2巻を出せるのも読者さんのおかげです。

渚の代わりに作者のセクハラハグ攻撃をプレゼントしたいくらいですよ本当。

本来ならば、もっと早く2巻を出すべきだったのですが、かなり遅くなってしまい非常に申し訳ないです。

作者、オーバーワークで頭爆発してました（笑）。

私事で非常に恐縮なのですが、作家デビューして5年と少し。ありがたいことに徐々に文筆業に関するお仕事を各位からいただけるようになりまして。

特に去年の終盤あたりから人生で一番多忙なくらい、仕事を詰め込んでました。「もうアラサー。ここらがピークだから頑張ろう」と。

そして、「ＯＫＯＫ、やりますやります」と殆どの仕事を請け負ってました。

結果、関係者各位から「締切ハヨ」「締切ハヨ」「締切ハヨ」……。

ふぁあああああああああ～～～～！

そして、頭の中がバイツァ・ダスト。

お仕事ジャンルのラブコメを書きつつ、納期を守れずパンクした哀れな作家ここにありけり。

てなわけで、読者は勿論、関係者各位の皆さんには多大なご迷惑をお掛けしてしまいました。ました、というより掛けてます。

誠に申し訳ありません。

Ｔｗｉｔｔｅｒに全然顔を出さなかったのは、死ぬほど忙しかったというより、不甲斐なさが理由でございます。自分のせいで色々と遅れているのに、呑気に「新商品の缶コーヒーうめー」などと呟くのも不誠実なのではないかと。ブン殴られるのではないかと。

今後はしっかりと自分の限界を見極めつつ、活動していければと考えております。

作品を読んでもらうことでしか、皆さんには感謝を還元できないので、作品作り頑張っていきます！

作品の話をするはずが、謝罪会見になってしまいました。

話を戻します。

『かまって新卒ちゃんが毎回誘ってくる』

略し方は、『かまてて』『新卒ちゃん』『まっちゃん』などなど。

一応、『かまてて』を正式名称にしようと、担当さんと話し合って決めてはいるのですが、メールや電話でのやり取りの際は、『新卒ちゃん』を使ってしまいます（笑）。

まぁ、ここらへんの略称は定着したものを使っていければいいのかなぁと。

ひとまずは、かまててで！

しれっと告知。Ｔｗｉｔｔｅｒにて、かまてての公式アカウントが開設されているのはご存知でしょうか。

Ｔｗｉｔｔｅｒでしか語られていないマサトたちのプチ話であったり、渚の描きおろしイラストが公開されていたり、アイコンや壁紙を配布していたり。

過去にはＲｅ岳さんのサイン色紙や、渚の声を担当していただいた和氣あずみさんのサイン色紙などもプレゼントキャンペーンしていたり。

是非是非フォローして、かまててに癒されていただければと！

公式アカウント作ってもらうだけでなく、プレゼントキャンペーンなどもしてもらったりと、作者としては本当にありがたい話です。

もっと盛り上がっていけるように頑張りたい……！


かまてての伝えたいことは、全て伝えることができたかなと。

あとはまったり雑談していきます。「お前の雑談には付き合わん」という方は、ラストの謝辞だけでもと。

というわけで、雑談タイム。

皆さんは未成年ですか？　オッサンですか？

僕はオッサンなので、Z戦士(ざんぎょう)であるマサトや渚のように酒を嗜(たしな)みます。

日本酒、ビール、ウイスキーが好き、焼酎は苦手、ワインは貴族すぎて味の違いが分からん。そんな感じです。

大抵は自分へのご褒美(ほうび)として、仕事がひと段落したときに飲むことが多いです。友達がいないので家で1人で飲むことが多いです。

友達がいないからというのは1割冗談ですが、1人が好きというのは結構あります。

店とか旅行とか1人でOKなタイプの人間で、今も1人寂し——、楽しくタリーズでコーヒー飲みながらパソコンカタカタしてます。泣いてねーし。マジで。

このあとがきを書き終え、他の仕事もひと段落ついたら、酒蔵巡りをする予定だったのですが、コロナ禍な昨今ですし、どうしたもんかなぁと悩み中です。

経済を回すか、自粛するか。

どちらも正解でどちらも不正解みたいなもんだから、難しいですよね。

これを機に、久々にゲームに挑戦するのもアリかなぁなんて考えたりもしています。

学校を卒業してからというもの、全然ゲーム機に触らなくなってしまい、専ら見る専。なんスかね。見るだけで満足しちゃうんですよねー。

最近だと、エルデンリングのゲーム実況をちょいちょい見てるんですが、あんなん自分でクリアできる気しないです。

でっかいヘビのオッサンがでっかい剣振り回して。上からメテオ降り注がせて。

それを掻い潜って何度もヒット&アウェイ……。

「はぁ〜〜〜。よう倒すわぁ」と言いながら、熱燗チビチビ飲んで見てます（笑）。

あと、個人的にビックリしたのが、遊戯王をオンライン対戦でできるようになってること。海馬社長、デュエルディスク要りませんやん。

未だにブルーアイズとかブラックマジシャンが活躍してるのもビックリ。

最近の遊戯王、1ターンどちゃくそ長ぇのもビックリ。

ビックリの連続です。

リアルなカードって、すげー高値で取引されてるんですよね。

初期のブルーアイズが諭吉複数枚になるとか……！

小学生時代。鼻水垂らしながら、公園の砂利まみれのテーブルでよく遊んでました。

「ブルーアイズ守備表示に変更！（カード、砂利でジャリィィ～～ィ！）」

昔の自分をシバきたい。せめてスリーブに入れろと。

当時はまだクソガキだったし、ネットもそこまで普及してなかったから、友達同士で勝手にルール決めてワイワイしてたのが懐かしいです。

『融合』ってカードは、何を合体させたらいいか分からなくて適当なモンスター2体をくっつけたり。ポケモンカードでは「2枚トラッシュ……？　トラッシュって何？」と友達同士でザワついたり。

まぁ、ルールを熟知してするゲームも楽しいですけど、友達と深く考えずにするゲームも楽しかったりするんですよね。

最近ゲームもしていない、友達も少ない男がどの口で言ってんねんという話ですが。

こうやってダラダラ話してたら、もうあとがきも終わりに近づいてしまいました。

ここまで長々とあとがきを読んでくれた読者さんは、僕のことが好きなのでしょうか。冗談ですやん。最後までお付き合いいただきありがとうございました！！！

ここからは謝辞を。

担当さん。盛大にご迷惑をお掛けしてしまい誠に申し訳ありません！　作品ももはや僕メインというより、担当さんメイン？　というほどガッツリ手伝っていただき、頭が上がりません。名誉挽回できるように、以降は必死に精進させていただきます。今回も美味しい日本酒お送りします。地酒っ！

イラストレーターのRe岳さん。今回も可愛いイラストを本当にありがとうございます。相変わらず仕事は激早、にも拘らず激カワというチートっぷり。本当に見習うことや感謝することだらけです。来海のキャラデザも非常に可愛らしく、今巻を作っていく上でのモチベアップに繋がりました。改めてありがとうございます！

『カノンの恋愛漫画』のカノンさん。漫画動画だけでなく、プロモーションなどの相談にも乗っていただき、感謝でいっぱいです。チャンネル登録者数も軒並み好調のようで、スゲーの一言……！　益々のご活躍を一層期待しまくっております。いち視聴者としても応援してます！

最後はもちろん読者様。1巻だけでなく2巻まで手に取っていただき、ありがとうございます。疲れた身体(からだ)の滋養強壮として、かまててを何度も読んでいただければと。ファイト一発でございます。

ではでは、またお会いしましょう！

P.S. おすすめの地酒あったら教えてください。飲みてぇので。

凪木エコ

お便りはこちらまで

〒一〇二－八一七七
ファンタジア文庫編集部気付
凪木エコ（様）宛
Re岳（様）宛

かまって新卒ちゃんが毎回誘ってくる　その2

ねえ先輩、恋のライバルなんて聞いてないです！

令和4年5月20日　初版発行

著者——凪木エコ

発行者——青柳昌行

発　行——株式会社KADOKAWA
〒102-8177
東京都千代田区富士見2-13-3
0570-002-301（ナビダイヤル）

印刷所——株式会社暁印刷

製本所——本間製本株式会社

ISBN978-4-04-074508-4 C0193 ◇◇◇

学校
……じろじろ見ないで
【朗報】
俺の許嫁になった地味子、家では可愛いしかない。
＼ラブコメ／
秘密の結婚生活！

ファンタジア文庫
甘えていい？
家
著者：氷高悠
イラスト：たん旦
親同士の約束で俺に嫁（3次元）ができた!?
相手は地味で目立たない同級生・綿苗結花。
「最近の推しは誰ですか!?」「遊くん…って呼んでもいい？」
趣味もピッタリ、意気投合。
しかも、慣れたら学校では想像できないほど大胆に！
彼女の素顔と、2人だけの生活は可愛さしかない!?
クラスのあの子と

「す、好きです!」「えっ? ススキです!?」。
陰キャ気味な高校生・加島龍斗は、
スクールカースト最上位&憧れの白河月愛に
罰ゲームきっかけで告白することになった。
予想外の「え、だって今わたしフリーだし」という理由で
付き合うことになった二人だが、
龍斗はイケメンサッカー部員に告白される
月愛の後をつけて盗み聞きしてみたり、
月愛は付き合ったばかりの龍斗を
当たり前のように自室に連れ込んでみたり。
付き合う友達も遊びも、何もかも違う2人だが、
日々そのギャップに驚き、受け入れ合い、
そして心を通わせ始める。
読むときっとステキな気分になれるラブストーリー、
大好評でシリーズ展開中!

ありふれた毎日も
全てが愛おしい。

済みなキミと、
ゼロなオレが、
き合いする話。

ファンタジア文庫

#同棲 #一緒にハミガキ #カップル通り越して夫婦 #糖度300%

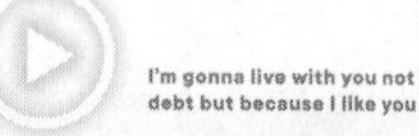

I'm gonna live with you not because my parents left me their debt but because I like you

これは世界を救う

久遠崎彩禍。三〇〇時間に一度、滅亡の危機を迎える世界を救い続けてきた最強の魔女。そして——玖珂無色に身体と力を引き継ぎ、死んでしまった初恋の少女。

無色は彩禍として誰にもバレないよう学園に通うことになるのだが……油断すると男性に戻ってしまうため、女性からのキスが必要不可欠で!?

シン世代ボーイ・ミーツ・ガール!

1

王様のプロポーズ

King Propose

橘公司
Koushi Tachibana

[イラスト]——つなこ

最強の初恋
シリーズ
好評発売中!
ファンタジア文庫

ティナ
四大公爵家の
ひとつ、ハワード家に
生まれた公女殿下。
なぜか誰でも扱える
程度の魔法すら使う
ことができない。